書下ろし

時代官能小説

乱れ夜叉《やしゃ》

闇斬り竜四郎

谷 恒生

祥伝社文庫

目次

第一章　錦繡《きんしゅう》の袱紗《ふくさ》

1

ほっそりしたあごを心もち上向けたお蔦《つた》の唇から甘い吐息が洩《も》れた。

うしろからまわされた竜四郎《りゅうしろう》の両手が蘇芳《すおう》色の長襦袢《ながじゅばん》のえりもとから差し込まれ、お蔦の乳房を掌《てのひら》で包み込んだ。

竜四郎は清冽《せいれつ》な果汁《かじゅう》をたっぷりとふくんだ白桃のようなお蔦の乳房を押すようにして柔《やわ》らかく揉《も》みしだきながら、透《す》きとおるようなうなじから耳朶《じだ》へ唇を這《は》わせていく。耳朶のふちを舌がなぞり、熱い呼気《いき》が吹きかかる。

「ああ……」

「ああ……」

お蔦は堪《こら》えきれぬように肢体をうねらせた。まとっている長襦袢がずりさがり、きめこまかな背中がむきだしになった。

竜四郎はお蔦の両の乳首を指のあいだにはさみ、つよく締《し》めつけた。よわいちぢれのある小さな乳首が固くしこりはじめた。乳首を揉《も》まれているうちに、お蔦の躰《からだ》の芯《しん》のあたりに甘美な疼《うず》きがうまれ、それがさざ波のように全身にひろがっていく。

「ああ……竜さま」

お蔦は絶え入りそうな声をあげ、上体をよじるようにして竜四郎に向き直った。両腕を硬い頸《くび》すじに巻きつけると、顔をあげて唇をせがんだ。

お蔦は羽織《はおり》と呼ばれる深川《ふかがわ》の芸者で、源氏名《げんじな》を蔦吉《つたきち》という。ほそおもての顔は目鼻の冴《さ》えが際立《きわだ》って美しい。銀杏返《いちょうがえ》しの髷《まげ》を結った姿には、したたるばかりに色香《いろか》が垂《た》れ込めている。

雪のように白い肌は、大川の澄《す》んだ水でみがきあげられたものだ。紫《むらさき》に見えるほど濃《こ》い眉《まゆ》の眸子《ひとみ》が、かすかな憂《うれ》いをやどし、男の情感をつよくそそった。

竜四郎はお蔦に唇をおしかぶせた。お蔦の唇はやわらかく、くちなしの花に似た香りがした。竜四郎の舌がお蔦の唇を割って、軽やかに躍《おど》り、舌にからみついていく。

お蔦の唾液《だえき》は蜜《みつ》のように甘かった。竜四郎の舌がお蔦の口の中をねっとりと這いまわり、官能を巧《たく》みに掘り起こしていく。竜四郎の舌は躍っていくようだった。

お蔦は息苦しくなったかのように、竜四郎から唇をはなし、顔を反《そ》らせて甘酸《あまず》っぱい吐息を洩らした。

竜四郎は夜具の上にお蔦を押し倒し、胸におおいかぶさった。

部屋の隅に置かれた絹行燈《きぬあんどん》の霞《かすみ》がかったような明かりが、お蔦の肌に人魚のような妖《あや》しい光沢を映している。乳首が匂《にお》うような明るい色をみせている。薄紅色《うすべにいろ》の乳暈《にゅううん》はややひろい。そこだけわずかに盛りあがっていた。

竜四郎は形を崩しているお蔦の乳房を中央に寄せた。深い谷間が刻《きざ》まれた、ふっくらした乳房は小さくはずみながら、ずしりとした重みで竜四郎の掌を押し返してくる。乳首は、掌の下で米粒を立てたようにとがっている。

竜四郎は乳首をつまんで揉みながら、お蔦のえりあしを唇でなぞりあげた。

お蔦がからだをふるわせた。薄くひらいた紅《あか》い唇から細い声が洩れた。腰をせりあげて、竜四郎の太腿《ふともも》に熱っぽく股間を押しつけてくる。

お蔦の耳はうっすらと上気している。肉の薄い、形の良い耳であった。竜四郎はそこに唇を這わせた。

「あう、ああ……」

お蔦は小さくのけぞり、あえいだ。

竜四郎の舌がお蔦の耳の縁をかるくなぞった。

「ああ――」

お蔦の細い声は尾を曳《ひ》いてふるえた。

竜四郎はお蔦の腋《わき》の下《した》を唇で掃《は》いた。片手は乳房をうねらせたり、脇腹から腰、さらには滑《なめ》らかな内腿を撫《な》でさすっている。お蔦の肌はわずかに青みを潜《ひそ》めたような艶《つや》をたたえている。

竜四郎の手は乳房をたわませ、乳首を躍らせている。ふくらみきって固くなった桜色の可憐な乳首は、いくらか赤みを濃《こ》く帯《お》びて、うっすらと光っている。指で強く薙《な》ぎ払うと、勢いよく首をふる。一緒に乳房がうねって、わずかにはずむ。

竜四郎は乳房を弄《もてあそ》びながら、お蔦の下腹部にゆっくりと唇をすべらせた。お蔦のからだが時折り、電流に触れでもしたかのようにびくんとふるえる。

竜四郎はお蔦の唐紅《からくれない》の湯文字《ゆもじ》を腰からとりのぞくと、股を大きくおしひろげ、局部へ顔を寄せた。

「ああ……竜さま」

お蔦がうわ言のようにつぶやき、腰を妖しくうねらせた。血が沸騰《ふっとう》しているのかもしれない。

お蔦の局部には濃厚な匂いがこもっていた。熱っぽく息を吐きかけると、お蔦の躰《からだ》が一瞬、小刻《こきざ》みに慄《ふる》え、つられるようにして、柔らかな墨色《すみいろ》の茂《しげ》みがうねり、局部の珊瑚色《さんごいろ》の肉襞《にくひだ》がゆがむように動いた。

竜四郎は茂みにおおわれたお蔦のふくらみを優しく撫でた。肉の厚いふくらみだった。ちぢれのよわい陰毛が擦《こす》られて、かすかな湿った音を立てた。

「ああ……　ああ……　ああ……」

お蔦が嗚咽《おえつ》のようなあえぎを途《と》切《ぎ》れ途切れに洩らした。声は喉《のど》の奥に谺《こだま》するように高くひびいた。

竜四郎はお蔦の局部を凝視《ぎょうし》した。美しい局部である。さすがは、深川で一、二を争う売れっ子芸者だ。官能の魅力のむせかえる凝脂《ぎょうし》に照りかえった局部であった。

少女のように滑らかで、温《あたた》かく、そのまんなかに一本、かすかな桃色をおびた割れ目が縦に走っている。局部の上方に、艶々《つやつや》した淡紅色の包皮が割れ目をつきやぶるようにして、むっくりのぞいている。包皮の深みには、あの敏感な赤い肉の芽《め》がひそんでいるのだ。

包皮のすぐ左右に小陰唇が小さい蝶《ちょう》の羽《はね》のように捲《まく》れている。右のほうがいくらか厚く、羽も長めだった。陰核を包んでいる突起と蝶の羽のあいだの襞はあざやかな珊瑚色であった。

もやっとした柔らかく縮れの弱い墨色の陰毛がむっちりした丘から局部の周囲にまで及んでいる。全体としては外側に向かって生えのびようとしている。割れ目は深く切れ込み、イソギンチャクのような花がちょっぴり顔をのぞかせている。

竜四郎は割れ目に指を添えた。指の先に熱いうるみが触れた。うるみはお蔦の内腿にまでしたたっている。よほど官能に恵まれているのだろう。

竜四郎はうるみにまみれた指で、お蔦の割れ目を下から静かになぞりあげた。柔らかい花びらがうるみに濡れたまま、指先にまとわりついてくる。ややあって、固くしこった肉の芽が指先に触れた。

「ああっ!!」

不意打ちをくったように、はっとした感じで、お蔦は声をはなった。官能的な肢体が大きく反り返った。からだの芯を甘美な戦慄《せんりつ》が稲妻《いなずま》のように走り抜けていったのだった。その拍子《ひょうし》に、竜四郎の指が突起からかなり下の湿潤《しつじゅん》な部分に一気に滑《すべ》った。

お蔦の膣《ちつ》の内部は熱かった。指が熱い蜜壺《みつつぼ》の中に埋め込まれていくかのようであった。

竜四郎は局部のはざまの深みに埋め込んだ指をあやすように抜き差ししながら、露頭《ろとう》した陰核に唇をおしかぶせた。小さな赤い肉の芽はすっかりふくらみきって、艶やかな光沢をはなっていた。

「竜さま、感じる、とっても、死にそう」

お蔦がうわ言のように口走る。腰が大きくうねっていた。深く閉じられた瞼《まぶた》は、うっすらと翳《かげ》をおび、かるくひらいた唇のあいだで、薄桃色の舌の先がうごめいていた。

竜四郎の舌が肉の芽にからみつき、歯がかるく咬《か》み、唇がつよく吸いあげる。

「ああ、竜様、堪忍《かんにん》、堪忍して……」

お蔦ははげしく息をはずませながら、嗚咽のような声をはなちつづけた。竜四郎の舌が肉の芽の下のわずかなくぼみを掘り起こした。ひるがえった舌の先が、芽の上をすべる。

お蔦の全身にわななきが走った。

「竜さま、いい!!　からだの芯がぞくぞくするわ!!」

お蔦の唇から斬《き》りつけるような声がほとばしった。濡れた瞳が横一文字にひきつり、目尻がこまかくふるえている。

竜四郎の別の指が、お蔦のうるみに濡れた蟻《あり》の門渡《とわた》りを這いつづけている。

「たまらないわ、死にそうよ」

お蔦があえぎながらことばを吐きだした。

竜四郎はお蔦の局部から顔を上げ、上体を起こした。指は局部に埋め込んだままだ。片手で乳房を揉み立て、指が乳首をつまむ。

お蔦はのけぞり、白い下腹をはげしく脈打たせている。汗ばんだ乳房が竜四郎の指の間でもだえるようにうねりつづける。

お蔦がかぶりを左右に振る。艶やかに結いあげられた銀杏返しの髷がわずかに崩れ、頰《ほお》にほつれ毛がなびく。

うなるような声をあげて、お蔦は汗ばんだからだを跳ね起こした。上体をくの字に折り曲げ、ほそおもての妖艶《ようえん》な美貌《びぼう》が、竜四郎の股間に押しつけられた。

竜四郎は腰をひねり、片膝《かたひざ》を立てた。お蔦は怒張して猛《たけ》り立つ竜四郎の陰茎に唇をおしかぶせた。瞳に青い欲情の炎が燃えている。

亀頭に舌をからみつかせて唾液を塗《ぬ》り込み、舌を尖《とが》らせると、笠《かさ》と幹をへだてる溝《みぞ》の底を掃《は》くようにして舐《な》めた。

灼熱《しゃくねつ》した鋼鉄のような陰茎を唇がねっとりとなぞりあげる。口にふくんだ。喉の奥にとどくまで呑みこんだ。逞《たくま》しい男が、口いっぱいにつめこまれた。

お蔦は片手でふぐりを揉みあげながら、美しい顔をはげしく上下させた。

底知れぬ快感が竜四郎の力を奪いとっていく。何度か破裂しかけた。すると、お蔦は敏感にそれを察し、唇の動きを止めて、破裂をひきのばすのだった。

竜四郎の一物《いちもつ》に絶妙《ぜつみよう》の閨技《ねやわざ》を駆使《くし》しているうちに、お蔦も粘液質の昂《たかぶ》りを示し、腰を高くかかげて、弾力のある白い尻を竜四郎の顔につきだした。

竜四郎は尻の谷間の下にあられもなくさらけだされた薄紅色の秘処に唇を押しつけた。

「うっ!!」

お蔦が竜四郎の陰茎を呑みこんだまま、喉の奥でうめいた。腰のくびれがはげしく痙攣《けいれん》した。

竜四郎は赤い襞にかこまれた割れ目のくぼみに舌をからみつかせ、そこにあふれているうるみをすくった。うるみをつけた舌先が上に向かって切れ込みをなぞりあげていく。お蔦の腹がはげしく波打ち、くっきりと稜線《りようせん》をきざんだ乳房がはずむように揺れた。

竜四郎は秘処の二枚の薄い花びらを舌で左右にそよがせた。吸われるたびに、珊瑚色の花びらは、ぬめるようにしてちぢみをのばした。

お蔦は堪えきれぬように竜四郎の陰茎を口からほうりだすと、箱枕に頰を押しつけて、はげしくあえいだ。鮮烈な快感が子宮の深みへつぎこまれていくのだろう。

竜四郎は指でお蔦の肉の芽をつまんだ。陰核はあざやかに色づき、するどく身をもたげている。芽はみずみずしい光沢をたたえて、かすかなうごめきをみせていた。

竜四郎は肉の芽にかるく歯を立てながら、秘処の割れ目の深みに指を埋め込んだ。片手を胸にまわしてお蔦の乳房を揉みしだいている。

ほどなく、膣の粘膜の深みから、お蔦の歓喜の律動が脈打つようにつたわってきた。

「竜さま、入れて、入れて、入れて頂戴《ちょうだい》!!」

お蔦は叫ぶようにいうと、立てた膝を大きくひろげ、腰を大きく引かせる。竜四郎を誘い入れる体勢をとった。

竜四郎はお蔦の背後から逸《はや》り立つ陰茎を濡れそぼった局部に埋め込み、ゆっくりと奥へ進めた。お蔦の両手を手綱《たづな》がわりに把《と》った。お蔦は背中をのけぞらせ、乱れた髪を打ちふってもだえた。脂《あぶら》の凝《こ》りかたまった尻が、突き動かされてうねっていた。

やがて、地の底から噴きあがるような絶頂感覚とともに、竜四郎ははげしく爆《はじ》け、したたかに放出した。

「いく、いく、いく、いくぅ!!」

お蔦は金切り声をはりあげる。全身を瘧《おこり》にかかったように痙攣《けいれん》させた。

幾許《いくばく》か経《た》った。

竜四郎はお蔦から軀をはなし、腹這いになって枕元の莨盆《たばこぼん》をひき寄せた。横たえられている煙管《きせる》に莨をつめ、莨盆の下の炭火にかざして火をつけた。

竜四郎は莨の煙を深々と充《み》たし、ゆっくりと味わった。お蔦は竜四郎にひっそりと寄り添っている。脂《あぶら》っ濃《こ》い情交の余韻にひたっているのか、恍惚《こうこつ》とした表情を浮かべていた。

夜風が鳴っている。

障子窓の隙間《すきま》から磯のにおいをはこんだ夜気が吐息のようにただよってくる。

深川・石川町《いしかわちょう》の船宿、『喜久屋《きくや》』の二階の一室である。このあたりは海が近く、船宿が多い。

お蔦が竜四郎を誘うときは、喜久屋ときまっている。

「よかったわ。やっぱり、竜さまがいちばん」

お蔦は竜四郎の肩に顔を寄せると、はにかむように笑った。

「そいつは、ありがとうよ。お蔦に嫌われでもしたら、拙者《せっしゃ》もかたなしだからな」

竜四郎は、にがみばしった顔に闊達《かったつ》な笑みを浮かべた。この三十がらみの浪人が誇れるものといえば、油びかりするほどに磨かれた筋肉質の軀と、七歳の頃から鍛《きた》えに鍛えた抜《ばっ》刀田宮《とうたみやりゅう》流の腕ぐらいのものなのだ。

影月《かげつき》竜四郎は信州高遠《しんしゅうたかとお》藩の浪人である。十年前に、三万三千石の高遠藩は、藩主・内《ない》藤大和守頼永《とうやまとのかみよりなが》の急逝《きゅうせい》後、いわゆる藩治紊乱《はんちびんらん》の口実を公儀隠密《こうぎおんみつ》につかまれ、あえなく取《と》り潰《つぶ》されてしまった。

天下が泰平《たいへい》と定まって百数十年、武家では人減らしするばかりで、扶持《ふち》にありつくのぞみのない浪人が殖《ふ》える一方であった。

江戸の市街はいうにおよばず、江戸近郊の品川《しながわ》宿、千住《せんじゅ》宿、板橋《いたばし》宿、内藤新宿《ないとうしんじゅく》の四宿は破落戸《ごろつき》、無頼漢《ぶらいかん》、博奕《ばくち》打ち、そして飢えた狼《おおかみ》のような痩《や》せ浪人の巣窟《そうくつ》だ。

とにかく、幕府の諸藩取り潰し政策は常に苛烈《かれつ》をきわめる。十万石以下の中、小大名は戦々恐々《せんせんきようきよう》として公儀の顔色をうかがっている。

さすがに、十万石以上の大名ともなれば、幕府もおいそれと取り潰すことはできない。十万石以上の大名は多数の藩士をかかえ、軍事力を持っている。取り潰し命令を受ければ、槍刀《そうとう》、弓、鉄砲をもって、幕府と一戦交《ま》じえるだろう。そのような事態となったなら、幕府は莫大《ばくだい》な軍資金を調達しなければならず、老中、大目付、若年寄など幕閣は責任をとって腹を切らなければならなくなるだろう。従って十万石以上の大名には、公儀といえども手がだせないのである。

この文政《ぶんせい》年間（一八一八～一八三〇）、江戸城内に強大な権勢を築き、驕奢《きようしや》をほしいままにしているのは、老中筆頭水野《みずの》出羽守忠成《でわのかみただあきら》であった。

水野忠成は将軍家斉《いえなり》とその生父一橋治済《ひとつばしはるさだ》を自家薬籠中《じかやくろうちゆう》のものにし、徳川一門以外に例のない紋付《もんつき》の鞍覆《くらおおい》までゆるされていた。水野忠成は若年寄林肥後守《はやしひごのかみ》、御用取次水野美濃《みの》守《かみ》、御納戸頭取《おなんどとうどり》美濃部《みのべ》筑前守《ちくぜんのかみ》らで強大な派閥を形成し、幕閣に磐石《ばんじゃく》の政治基盤を築いている。他の閣僚は水野忠成の専横を見て見ぬふりしている始末であった。

だが、この水野忠成の打倒をひそかに狙《ねら》っている硬骨の大名がいる。

家斉の世子家慶《いえよし》の補佐役である西丸《にしのまる》老中水野越前守忠邦《えちぜんのかみただくに》だ。

水野忠邦は唐津《からつ》六万石の大名だった。唐津は実収入二十万石をこえる。ところが、唐津を領する者は、他の西国の大名と同じく、長崎の警備を担当しなければならないため、老中の任に昇ることを許されなかった。

老中職に野心を抱く水野忠邦はみずからすすんで国替えを請《こ》い、わずか五万石の遠州《えんしゅう》浜松《はままつ》に移った。猫をかぶって親類の水野出羽守忠成にすり寄り、寺社奉行から大坂城代、京都所司代と累進し、このほど念願の西丸老中へ昇ったのである。

だが、そんなことは、素寒貧《すかんぴん》の浪人影月竜四郎にはどうでもよいことだった。竜四郎たち浪人の頭には毎日、どうやって食いつないでいくかということしかない。

十一代将軍家斉というのは、手のつけられないほどの荒淫《こういん》の人で、正式の側室は四十人におよび、お手付きの腰元を加えると百人をこしたといわれる。子女は十六腹、二十八男、二十七女、計五十五人を挙《あ》げるという盛んさで、いまだ衰《おとろ》えをしらないありさまであった。

将軍がこのような奢侈《しゃし》荒淫であれば、幕政の綱紀《こうき》が紊乱するのも当然といえるであろう。武士階級は経済的に圧迫されて、柔弱腐敗《にゅうじゃくふはい》の極に達し、一部町人富裕層がこれまた極度の贅沢三昧《ぜいたくざんまい》に耽《ふけ》っている。そのような中で、イギリス、フランス、ロシアなどの諸外国の艦影が日本近海に出没し、日本の扉を叩《たた》きにくる動きを示している。

「竜さま……」

お蔦はくぐもった声でささやくと、妖艶な笑みをうかべつつ、竜四郎の股間をまさぐった。

「この女殺し。あなたは麻薬よ」

陰茎を強《きつ》くにぎりこむ。えらの張った亀頭がたちまち頭をもたげはじめる。擦《こす》ると陰茎の芯に力がみなぎっていく。

「竜さま、もう回復したの。元気いい」

お蔦が嬉《うれ》しそうにほほえみ、竜四郎の太腿を股ではさみ、せがむように女陰を押しつけてくる。

「ねえ、もういちど」

竜四郎の耳に口を寄せると、吐息をねっとりと吐きかける。

竜四郎はしかたなさそうに笑うと、左手で体重を支えながら、右手でお蔦の乳房を根元からつかんでゆっくりと揉みあげた。

「ああ……」

お蔦は甘いあえぎを洩らし、鼻にかかったような声でささやいた。

「あたし、乳首、とっても感じるの。優しく咬《か》んで」

顔の赤らむほどあけすけなおねだりが、いかにも深川芸者らしい。

竜四郎はお蔦の胸におおいかぶさると、右の乳首をつまみ、左の乳首を口にふくんでかるく歯を立てた。

「いいの、すっごく。からだの芯《しん》が疼《うず》くの」

お蔦は恍惚《こうこつ》とした表情で、秘処をせりあげた。

「竜さま、おねがい。あなたが入ってくるところのまわりを、指でいじって。撫《な》でまわして」

竜四郎はお蔦の股間に手をのばした。すでに割れ目はぐっしょり濡れそぼち、深みから熱気の気配がつたわってきた。

（今夜は寝かせてくれそうもないわ）

竜四郎はお蔦の乳首を吸いながらにがそうな笑みをうかべた。

2

影月竜四郎は両国広小路《りょうごくひろこうじ》をぶらぶら歩いていた。萌葱色《もえぎいろ》の地《じ》に淡茶《うすちゃ》の縦縞《たてじま》の入った着流しで、大小を落とし差しに差している。

上野《うえの》の山から小寒い風が吹いてくる。のびた月代《さかやき》がかすかにふるえた。月を追うごとに秋が深まっていく。浪人には風の冷たさが骨身にしみる。

ふところには二朱とじゃら銭しかない。二朱はお蔦にもらったものだ。三、四日はなんとか食いつなげるだろう。とはいえ、はなはだ心もとなかった。文政年間は物価が高騰《こうとう》し、力稼ぎの人足や駕籠《かご》かきなどが立ち寄る安っぽいめし屋でも、汁に惣菜《そうざい》、漬物《つけもの》に飯を食えば、二十文はとられてしまう。飯は麦と米が五分五分である。芝海老《しばえび》の掻《か》き揚を載《の》せた天ぷら蕎麦《そば》になると、一杯で三十文はくだらない。

竜四郎は小さな吐息を洩らすと、削《そ》げぎみの頰を撫であげた。掌に無精ひげがざらついた。

陽《ひ》が西へ傾きつつあった。秋の日はつるべ落としというほどに陽の暮れるのが早い。

両国広小路は繁華な場所である。日本橋《にほんばし》を除けば、にぎやかさは江戸で一、二を争うだろう。

大通りの両側には呉服屋、かんざし屋、両替屋、貴金属屋、櫛《くし》屋、仮髪《かもじ》屋、米屋、油屋、雑貨屋、酒屋、小間物屋などあらゆる店が軒を連らね、名だたる料理茶屋や割烹《かっぽう》も暖簾《のれん》をだしている。

深編笠の武士、御家人、前だれをかけたお店者《たなもの》、商家の内儀《ないぎ》、大店の番頭、職人、町娘、さまざまな人々が往来している。もとより、物陰には破落戸《ごろつき》、痩《や》せ浪人、やくざといった不逞の輩《やから》が眼を剃刀《かみそり》のように光らせて獲物《えもの》を狙っている。

竜四郎といえば不逞の輩に因縁をつけられている町娘、商家の内儀などを捜しているのだ。破落戸や浪人どもをこらしめて、難儀の町人を助け、礼金をいただくのが、竜四郎の生業《なりわい》なのだ。お蔦も無頼浪人どもにからまれているところを助け、いい仲になった。

「ふむ」

竜四郎はむずかしげなおももちで歩を止めた。

旅装束の若い侍が両国広小路を狂犬のように走りまわっているではないか。血走った眼が切れあがり、こめかみに浮き出た血管がはげしく搏動《はくどう》し、切羽《せっぱ》詰まった形相《ぎょうそう》である。

竜四郎と視線が合った。若い侍が息せききって駈《か》け寄ってきた。頬が緊迫でわなないている。竜四郎の腕をつかみ、顔をつきだした。みひらいた眼が狂的にひらめいた。

「そこもと!!」

「なんだ」

竜四郎は眉をひそめた。

「人を斬ったことがござるか」

「ないといえば嘘《うそ》になるだろうぜ」

竜四郎の眼のふちに凄《すご》みのある笑みがただよった。

「ならば、人を斬ってくだされ」

「そいつは、浪人か」

竜四郎は念を押した。旗本や諸藩の侍はもとより、一般の町人を斬ったとなると、ただではすまない。すぐさま、奉行所が動きだす。同心どもが探索し、岡《おか》っ引《ぴき》どもがあちこち嗅《か》ぎまわる。そして、捕まれば小塚《こづか》っ原《ぱら》の獄門台に乗ることになる。

浪人であれば、私闘とみなされ、奉行所はほうっておく。奉行所も、公儀も、浪人は死んでくれたほうがありがたいのだ。つまり、浪人は破落戸や無宿人同様、人間の勘定《かんじょう》に入っていないのである。

「金はあるのか」

「ござる」

侍がつよい調子でうなずいた。

「三両でいかがか」

「安い。ほかをあたれ」

竜四郎は侍の手をふり払って歩きだそうとした。

「五、五両だす」

侍が血を絞《しぼ》るような声で叫んだ。

「五両か。ならば相場だ」

竜四郎はにやりとした。

「山吹色を見せてくれ」

侍はふところから財布をとりだし、中味を見せた。山吹色のきらめきが竜四郎の眼にとびこんできた。

「前金でくれ」

竜四郎があつかましく掌をさしだした。

「拙者が斬られたら、ふところからもっていけ。冥土《めいど》に旅立ってしまえば、腹は減らぬし、小判もいらぬ」

「わかりましてござる」

侍が五枚の小判を竜四郎の掌に載せた。竜四郎は不敵に笑うと、むすりと小判をふところにしまいこんだ。

「さて、それでは参ろうか」

「急いでくだされ、一刻の猶予《ゆうよ》もござらぬ」

侍が袴《はかま》をひるがえして走りだした。

「いずこぞ」

「初音《はつね》の馬場にござる」

初音の馬場は両国広小路から五町ほどのところにある。天下泰平の世に、初音の馬場で、馬術に精を出す殊勝《しゆしよう》な旗本などいるはずもなかった。それどころか、馬を持っている旗本も少ない。飼《か》い葉《ば》代や維持費が馬鹿にならず、馬の世話をする小者も雇《やと》わなくてはならない。

初音の馬場は、みわたすかぎり狐《きつね》色の雑草がのび放題であった。秋風に揺れなびく薄《すすき》の銀穂の中に、骨格雄大な武芸者が仁王立《におうだ》ちしている。頑健《がんけん》な顔は浅黒く、あくの強い双眸《そうぼう》に凄《すご》みのある光がやどっている。

武芸者は駈け参じてくる竜四郎を見るや、三尺に余る剛剣を抜きはなった。おそらく、同田貫《どうたぬき》であろう。侍はどこかに隠れたのか、いない。

暮れなずむ空に銀色の雲がわきでている。中空に小さな蜻蛉《とんぼ》が群がり飛んでいる。風がするどく吹きつのってくる。

武芸者は木綿《もめん》の着物に草袴をはき、柿色《かきいろ》の袖《そで》なし羽織を着ている。その羽織の肩が風に慄《ふる》えている。

武芸者は威嚇《いかく》するように剛剣を大上段にふりかぶった。竜四郎は利刀の鯉口《こいぐち》を切ると、前傾姿勢で武芸者めがけて風のように驀直《ばくちょく》していく。あまりに無鉄砲な肉薄《にくはく》であった。

「きええい!!」

武芸者が裂帛《れっぱく》の気合を発する剛剣を振りおろした。刹那《せつな》、竜四郎の腰が沈み、利刀が電光のように鞘走《さやばし》った。

「とう!!」

竜四郎が利刀をするどく振りきった。残心《ざんしん》がぴたりと決まる。稲妻の竜の面目躍如《めんもくやくじょ》である。

「うぐ!!」

武芸者の軀が海老のように折れ曲がった。切り裂かれた脾腹《ひばら》から生き血が瀑布《ばくふ》のようにほとばしり、狐色の野を赤く染めていく。ややあって、武芸者が伏せ倒れた。脾腹から血まみれの臓物《ぞうもつ》がはみでてくる。

「義姉上‼」

　芒の藪にひそんでいた侍が金切り声をはりあげた。すると、向かいの藪から白装束にたすきをかけた丸髷の女が走り出てきて、武芸者にかがみこみ、小刀で首を斬り落としにかかった。皺《しわ》だらけの小者が丸髷の女に駈け寄り、深々とこうべを垂《た》れた。

「ご本懐《ほんかい》おめでとうございます」

女は小者にふりむきもせず、必死に武芸者の首を切り落とそうとしている。侍がかけつけ、手つだい、刃を叩きつける。だが、首はなかなか断ち切れるものではない。

竜四郎は刃の血を懐紙で拭《ぬぐ》うと、利刀を鞘におさめた。

女と侍がやっとのことで武芸者の首を胴から切りはなした。二人とも血だらけであった。

小者が小腰をかがめて大ぶりの壺をとりだした。女が大事そうに武芸者の生首を壺に入れた。侍が袋をとりだした。塩袋であった。生首と壺のあいだを塩で埋める。

「やはりな」

竜四郎は薄く笑うと、初音の馬場をあとにした。仇討《あだう》ちである。竜四郎が討ち果たした武芸者の首を国許《くにもと》に持ち帰るのだ。年に一度か二度、竜四郎は仇討ちの助太刀《すけだち》を頼まれることがある。

「五両分」

懐手《ふところで》しながら指に触れる小判の感触をたしかめる。金のあるのはよいものだ。しみじみ思う。

「鰻《うなぎ》の蒲焼《かばや》きを肴《さかな》に旨《うま》い酒でも飲むか」

竜四郎は眼のふちに不敵な笑みをうかべた。

3

深川の鎌倉河岸《かまくらがし》は、ある意味で無法地帯である。乞食浪人、やくざ渡世《とせい》の無宿人《むしゅくにん》、破落戸《ごろつき》、島帰り、兇状《きょうじょう》持ちといった無頼漢どもがひしめく鎌倉河岸は、奉行所もうかつに手をだせない危険な暗黒街を形成しているのだった。

鎌倉河岸の恵比寿横町《えびすよこちょう》の奥まった暗い路地には、動物の内臓を煮つめたような情交の臭気がよどんでいる。いく筋も枝分《えだわ》かれした路地の両側には、バラックのような古びた二階建ての建物がびっしりと建ち並び、入口の柱には店の名を書いた小さな角行燈《かくあんどん》がぶらさがっている。

この恵比寿横町一帯は鎌倉河岸でも名うての、女の肉の切り売り小路《こうじ》で、十分ほどの情事の値《あたい》は百文から百五十文が相場である。一戸の間口は六尺だ。三尺が板戸、三尺が羽目板で、女郎の部屋は三畳である。三畳の板の間に敷きっぱなしになっている継《つ》ぎはぎだらけの煎餅布団《せんべいぶとん》には饐《す》えたような異臭がこもっている。不潔きわまりない。

『みよ』という角行燈がたよりない灯をともしている一戸をうかがっている者があった。殺伐《さつばつ》とした貌《かお》は無精ひげで埋《うず》まり、眼だけが飢えたけだもののようにぎらついている。

そいつは『みよ』という女郎屋からすっと消えた。

『みよ』の部屋の中では二十歳前後の若い無頼漢が煎餅布団の上に、おみよという女郎の裸身を組みしき、若造とは思えぬ執拗《しつよう》さで女のからだをねちねちとまさぐっていた。

おみよがされるにまかせているのは、若造が代金を三倍もはずんだからである。

若造は野鼬《のいたち》の伊三次《いさじ》といい、掏摸《すり》を生業《なりわい》としている。いかにも掏摸らしいはしっこそうな若造であった。

「ああ――」

のけぞったおみよの唇から甘いうめきが洩れる。伊三次がおみよの乳房を手と口で責めたてているのだ。

隅の灯皿からただよう明かりがおみよの浅黒い肌に脂《あぶら》っぽいてりを映している。

伊三次は左の乳首を手でつまんで揉みあげ、右の乳首を舐《な》め、吸い、咬《か》んでいる。

おみよはじっとしていられなくなった。両方の乳首から甘美な快感がからだの芯につぎこまれ、股間が熱く疼《うず》いてやまない。

伊三次の手が脇腹から下腹を這い下りる。おみよの秘処にのびてきた。局部の割れ目を指がなぞりあげていく。

「ああ――、ああ――」

おみよは伊三次の背中に両腕をまわし、金切り声をはりあげて狂ったようにしがみついた。局部に鮮烈な快感が湧いたのだ。

伊三次は布団を撥《は》ね上げると、おみよの股間に顔を寄せた。

おみよの局部は肉が厚《あつ》く、半割りの桃のようにこんもりしている。恥毛は鳶色《とびいろ》がかっていて、ちぢれが強く、茨《いばら》のようだった。

伊三次は舌なめずりしながら、おみよの秘処を凝視した。秘処は鳶色の毛をまとわりつかせる。切なげに息づいている。その局部の淫《みだ》らなうごめきに、安女郎の底深い情欲がにじみでていた。

伊三次はおみよの局部に唇をおしつけた。冷や飯のようなにおいが鼻孔にむっとわいた。

ざらり。

舌が切れ込みをなぞり、茶色い包皮の深みにひそむ黒ずんだ肉の芽を掘り起こした。

「あっ、あっ、ああ、——」

おみよはかんだかい悲鳴をほとばしらせると、痩せた肢体をはげしくのけぞらせた。浅い腰のくびれと内腿に痙攣のようなわななきが走り、下腹が波打つようにうねった。

伊三次はにやりと笑うと、おみよの肉の芽に唇をおしかぶせた。肉の芽はふくらみきってかてかに光っていた。

伊三次は肉の芽を唇で吸ったり、歯で凶暴にはさみつけたりした。吸われるたびに、おみよは金切り声をあげ、腰を高く反《そ》らした。咬まれると、息を詰め、こわばった全身をはげしくわななかせた。

伊三次は陰核に脂っ濃い舌戯《ぜつぎ》を加えながら、おみよの局部のはざまの中心に指を強く埋め込んだ。

「ああ——いい——、気持いい——」

おみよはあられもなく快美を訴え、貧弱なからだを尺とり虫のようにのたうたせた。

伊三次はおみよの股間から顔をあげ、片手で乳房を握りしめながら、局部に埋め込んだ指を乱暴に抜き差しした。

「ああー、感じる、厭《いや》、厭よ！」

おみよはこうべを打ち振って、もだえた。瞳は白目を剝《む》き、ゆがんだ唇から涎《よだれ》がながれる。

官能の渦《うず》に巻かれて痴《し》れ狂うおみよをながめているうちに、伊三次は嗜虐的《しぎやくてき》な欲望にかりたてられた。

伊三次はおみよのふくらはぎを腕で高々とすくいあげ、でんぐり返りさせるように躰をふたつ折りにした。

おみよの局部があからさまにさらけだされた。伊三次は局部に唇をおしつけ、狂ったようにむさぼった。

おみよが息を詰めた。瞳がガラス玉のようにうつろになり、汗ばんだ顔がこわばった。果てたのだ。

伊三次は卑猥《ひわい》な薄笑いを眼のふちににじませると、猛りたつ一物をおみよの局部にえぐりこんだ。うるみとともにかがやいている茶色い襞がおのれの一物をゆっくりと包みこんでいくさまを、伊三次は眼をぎらつかせてながめていた。

今日の昼、伊三次は銭屋《ぜにや》の惣番頭《そうばんとう》の懐中物《かいちゆうもの》をうまく掏《す》り盗《と》り、その昂奮からおみよを買ったのだった。おみよはこれまで、三度立てつづけに買っている。馴染《なじ》みといえるだろう。

銭屋の惣番頭の財布は小判二枚と小粒しか入っておらず、いささか期待はずれだった。だが、財布には金のほかに錦繍《きんしゅう》の袱紗《ふくさ》包《づつ》みが大事そうにしまってあった。伊三次はその袱紗包みを幼なじみの多慶屋《たけい》の由香里《ゆかり》にあずけた。すりのカンが袱紗包みに危険なにおいを感じたからである。

伊三次ははげしく腰を律動させた。両手でおみよの乳房をにぎりしめている。おみよは背中をしならせてもだえ、ことばにならないうめき声を低く叫び、のけぞって息を詰まらせた。ほぼ同時に、おみよの膣の粘膜に深々とくわえこまれている怒張に、刻みこんでくるような強いうねりと脈打つような律動がつたわってきた。

伊三次は肛門から脳天へつきぬけていく快感とともに、どっと放出した。おみよは悲鳴をあげて失神した。

「伊三さん、またおいでね」

おみよは戸を開けると、つやっぽい流し目をくれた。

「ああ、忘れなかったらな」

伊三次は肩を揺するようにして、暗い路地にとびだしていった。おみよが店の戸を閉めた。二、三歩、歩きだした伊三次に人影がすっと寄り添った。

「うっ!!」

伊三次が背筋をこわばらせた。首がひきつる。頸《くび》すじに匕首《あいくち》の刃《やいば》の冷たい感触が走ったのだ。

「野鼬の伊三次、ちょいと顔を貸してもらうぜ」

そいつが伊三次のえりくびをつかんで路地の暗がりにひきずりこんだ。暗がりに数人の無頼漢が待っていて、細引《ほそびき》で伊三次を後手に縛りあげ、猿ぐつわをかませた。

表通りに辻駕籠《つじかご》が待っていた。伊三次は辻駕籠におしこめられた。伊三次の顔面は蒼白《そうはく》にひきつっている。恐怖がめばえ、軀《からだ》がはげしく慄えだした。

およそ四半刻《しはんとき》で辻駕籠が停まった。落葉のにおいがする。

雑木《ぞうき》林の中だった。

「出やがれ!!」

無頼漢がたれをめくり、噛《か》みつくような形相で駕籠の中から伊三次をひきずりだした。

目の前に朽《く》ち果てかけた六角堂があった。窓から灯が洩れている。

伊三次はつきとばされるようにして、六角堂に連れ込まれた。

六角堂の中に一穂《いっすい》の大燭台《だいしょくだい》が炎をゆらめかせていた。町人髷《まげ》の恰幅《かっぷく》のいい人物と、錦繍の頬隠《ほおがく》し頭巾をつけた綺羅《きら》な身装《みなり》の侍が、並んで酒をくんでいた。そのまわりで、狼のような浪人どもや凶暴な顔をした破落戸《ごろつき》がたむろして、茶碗酒をくらっている。

伊三次は素っ裸に剝《む》かれ、格子に両腕を逆八の字に縛りつけられた。

「若造!!」

恰幅のいい人物が革の鞭《むち》を握ってずかりと腰を上げた。肉の厚い脂《あぶら》ぎった貌が怒りでわななき、地獄の悪鬼《あっき》のような酷《むご》い形相になった。

「富岡八幡《とみがおかはちまん》前の料理茶屋『平虎《ひらとら》』からでてきたわしの懐中を、よくも狙いおったな」

恰幅のいい町人は江戸屈指《くっし》の廻船問屋《かいせんどんや》、銭屋の惣番頭、越前屋甚兵衛《えちぜんやじんべえ》であった。廻船問屋とは、現代の総合商社のようなものと考えてさしつかえないだろう。

越前屋甚兵衛が怒りにまかせて伊三次の脇腹へ鞭を叩きつけた。

ビシリ!!

革鞭が伊三次の脇腹にくいこんだ。

「うぐっ!!」

伊三次の喉もとから苦悶《くもん》のうめきが噴きこぼれた。息の詰まるような激烈な痛さだった。

ビシリ、ビシリ、ビシリ。

越前屋甚兵衛が伊三次めがけて三つつづけて鞭をふるった。伊三次の唇から喉を引き裂かれるような絶叫がほとばしった。皮膚がずたずたに破れ、軀は血だらけだった。

「財布はよい。財布の中の袱紗包みをどこにやった。いえ。いわぬと、貴様のものをえぐり取ってくれるぞ!!」

越前屋甚兵衛が眼を三角にして怒鳴りあげた。野分《のわけ》の熊蔵《くまぞう》という無頼漢が伊三次の陰毛のなかにもぐりこんでいる萎縮《いしゅく》した陰茎の付け根に匕首をあてがった。

「あっ、あっ、あっ!!」

伊三次が目玉を飛びださんばかりにして叫んだ。

「多、多慶屋の由香里にあずけたんだ、嘘じゃねえ!!」

「そうかい」

越前屋甚兵衛は眼のふちに酷薄《こくはく》な笑みをにじませると、熊蔵に目くばせした。

熊蔵は小さくうなずくと、伊三次の股間に匕首をえぐりこんだ。

「ぎゃあ!!」

伊三次の口から凄惨な悲鳴が散った。

「そやつの死体は、どこかそのへんに埋めておけ」

頬隠し頭巾の侍が眉間《みけん》にけわしい縦皺を刻みつけた。

「いかなる手段をもってしても、袱紗包みをとりもどすのじゃ。わが藩の存亡にかかわりかねぬ。よいな」

激烈なひびきに、この武士の危機意識があらわれていた。

4

空には月も、星もなかった。

吹く風もくろずんでいるのではないかと思うほど暗い夜であった。空には鉛色《なまりいろ》の雲が重くたれこめている。

本所吉田《ほんじょよしだ》町の土手に、いつものように与三《よぞう》というおやじが夜鷹蕎麦《よたかそば》の屋台をだしていた。夜鷹蕎麦とは、出没する夜鷹を見物する客をあてこんだ蕎麦屋のことである。

夜鷹はいうまでもなく街娼のことだ。本所吉田町は夜鷹の本場なのだ。このあたりには蓙蓙《ござ》をかかえ、手ぬぐいを吹き流しにかぶった夜鷹があちこちに立ち、近寄ってくる客どもに艶っぽい流し目をくれる。

その夜鷹を見物にくる男たちのために、蕎麦屋はもとより、茶めし、あんかけ豆腐、寿司、おでん、濁りかん酒などが屋台で売られ、なんとなく歓楽街のような趣《おもむ》きをかもしだしている。

与三の夜鷹蕎麦は、吉田町でもはずれで、とてもではないが、かんばしい場所とはいえなかった。このようにいまにも雨が降ってきそうな晩は、人通りも跡絶《とだ》え、土手には夜鷹の影さえない。

「チェッ、しけた晩だぜ」

与三は舌打ちして、皺だらけの顔をしぶくした。

「こんな晩は、客にありつけっこねえから、そろそろ帰るとするか。寒さが身にしみやがるぜ」

与三はぶるっと胴ぶるいすると、腰をかがめ、屋台の天秤棒《てんびんぼう》を肩にかつごうとした。

「蕎麦屋」

粘い声がかかり、暗がりから黒い影がおおいかぶさってきた。

与三はうろたえた。とっさに、辻斬りかもしれないと思い、肝が冷えた。

先荷の行燈の明かりが客を朦朧《もうろう》と映しだした。くたびれきった黒羽二重《くろはぶたえ》の着物に木綿縞《もめんしま》物の袴をはき、腰に大小をぶらさげていた。

「熱いところをくれ」

「で、ですが、火を落としちまいましたもので」

「かまわぬ。待つ」

浪人がいった。縄のようによじれた総髪で、頬がげっそりと削《そ》げている。細い眼が地獄草紙の亡者のようなぶきみなぬめりをやどしている。

とにかく、物騒きわまりない浪人である。

与三はことわるわけにもいかず、屋台を土手に据え直し、しゃがみこんで火消し壺から消し炭をだした。

消し炭を松根の上に載せて、うちわであおぎ、要領《ようりよう》よく火を熾《おこ》しはじめた。

「おやじ、酒はあるか」

「へえ、ございやすが」

「一杯、くれ」

与三は大徳利をとりあげた。飲み逃げされそうで心配だった。

「どんぶりに満《つ》たせ。なみなみとだ」

浪人が眼を吊りあげていった。

「へ、へい」

与三の差し出すどんぶりを、浪人はひったくるようにしてうけとり、ぐびりぐびりと胃に流し込んだ。

間のわるいことに雨がふりはじめた。絹糸のような冷たい雨である。

「按配《あんばい》がいいわ」

浪人が双眸《そうぼう》をすぼめて薄笑った。浪人の痩軀《そうく》から妖気のようなぶきみなものが立ち昇ってくるように思え、与三の膝がしらがガクガクとわらいだした。

浪人は酒を飲み干すと、空《から》になったどんぶりを与三につきだした。

「もう一杯、つげ。五臓六腑《ごぞうろっぷ》にしみわたるわ」

浪人は肩をいからせると、叱りつけるようにいった。

「心配いたすな。代金は払ってつかわす」

「へい、へい」

与三はしかたなく大徳利の酒をどんぶりに満たした。

「こんな夜だったわ」

浪人はにがにがしげに吐《は》き棄《す》てた。

「馬鹿な殿さまの孌童《れんどう》を叩き斬ったのは」

「孌童と申しやすと？」

与三が小腰をかがめて訊《き》いた。

「衆道《しゅどう》よ。江戸では陰間《かげま》とか申すそうじゃ。つまりは男色の相手だ」

浪人は口もとをゆがめた。

毒島左膳《ぶすじまさぜん》という。蛇切剣《じゃせつけん》の使い手である。妖気をはらむ剣といっていい。羽州村山郡《うしゅうむらやまごおり》長瀞《ながとろ》、一万一千石米津《よねづ》家の脱藩浪人である。

その夜。

毒島左膳は城下の酒処《さかどころ》でしたたかに飲み、泥酔状態でふらつき歩いていた。

雨が降っていた。雨音が耳ざわりにひびいた。

塗り傘を差した前髪の色若衆が下駄を鳴らして向かいからやってくる。濃藍《のうあい》の中振袖《ちゅうふりそで》にたもとは白抜きの鱗形《うろこがた》に染め抜いてあった。袴は鼠色《ねずみいろ》に浅黄の鮫小紋《さめこもん》といういでたちで、細身の朱鞘《しゅざや》を落とし差しにしている。

その色若衆と毒島左膳はすれちがった。

かしゃっ!!

双方の鞘があたった。

「無礼者!!」

色若衆が血相をかえてふりむいた。歳は十六、七か。ほそおもての顔は、目鼻の冴《さ》えが女にも勝ってみずみずしい。その色香をはらんだ顔が怒りで蒼白にひきつっている。

「わたしは、村瀬参之助《むらせさんのすけ》だ。その場に手をついて謝れい!!」

かん高い声がするどく凍った。

「なんだと？」

毒島左膳は村瀬参之助に向き直ると、舐《な》めるように顔をみつめ、ややあって、侮蔑《ぶべつ》めいた笑い声を洩らした。

「なるほど、綺麗《きれい》な顔をしておるわ、だが、おれは菊の座などに興味はない。早う、去れ」

「去れとはなにごとか。わたしは、村瀬参之助ぞ」

村瀬参之助はいきりたって朱鞘の細身に手をかけた。柄は白だ。女のようでいて、剣術には自信がある様子だ。

毒島左膳はくわえ楊枝《ようじ》で、小馬鹿にするようにせせら笑った。

「村瀬参之助がいかがいたしたな。この生まれぞこないめ。女に生まれておれば、殿の寵《ちょう》妃《ひ》になれたかもしれぬぞ」

「おのれ、無礼な!!　許さぬ!!」

村瀬参之助が頰を朱に染めて抜刀した。同時に、毒島左膳の剣が鞘走り、蛇《くちなわ》のようにひらめき奔《はし》った。村瀬参之助の首が虚空にはね上がり、血しぶきがもみじ模様に雨幕に散った。胴が糸の切れた傀儡人形《くぐつにんぎょう》のようにへなへなとその場に崩れ落ち、ぬかるみに突っ伏した。

毒島左膳が長瀞藩を一目散に逐電《ちくでん》したのはその夜のうちだった。三年前の丁度この季節であった。村瀬参之助が藩主米津政矩《まさのり》の孌童《れんどう》、つまり、稚児姓《ちごしょう》だと知ったからである。

「蕎麦ができましてございやす」

与三がゆであげた蕎麦をどんぶりに移し、だし汁を張っていると、毒島左膳の姿がすっと雨幕の深みに融《と》けた。

縞の着物をいなせに着た遊び人が傘を拝み差しにして吉田町土手を歩いてくる。

「伊奈《いな》の勘八《かんぱち》」

するどい声がかかった。殺気がこもっている。

伊奈の勘八がぎくりと背筋を慄わした。

「貴様は胴元の羅生門《らしようもん》の権蔵《ごんぞう》と組んで、いかさまをした。ゆえに、斬る」

毒島左膳の利刀が鍔鳴《つばな》りを発して、流星のように走った。

「ぎゃあっ!!」

伊奈の勘八の脾腹《ひばら》が深々裂かれ、血汐が散った。勘八は大きくのけぞり、両手をさしのべながら枯草の中に倒れ伏した。

毒島左膳は刃の血を勘八の着物の袖で拭うと、利刀を鞘におさめた。勘八にかがみこんでふところをさぐり、胴巻きをひっぱりだした。けっこうな重みだ。二、三十両はあるだろう。

「おやじ」

「へ、へい」

「代金を置くぞ」

毒島左膳は山吹色の小判を一枚、蕎麦の屋台の上に載せると、なにごともなかったようにゆったりと雨中を歩きだした。

5

両国橋東詰めは夜の歓楽街で、料亭や飲み屋が道の両側に建ち並び、軒先を屋号入りの提燈で飾りたてている。

路地を入ると、当たり矢という楊弓場《ようきゅうば》があった。つまり、矢場《やば》である。

客は弓を引きにくるのではない。矢場娘を買いにくるのである。

楊弓場の左右の壁ぎわに、絣《かすり》の着物に赤い前だれをつけ、髪を桃割《ももわ》れにした娘がずらりと並んでいる。

客は弓を引きながら、それらの矢場娘を物色し、店に一朱の連れ出し料を払って娘を連れだすという仕掛けであった。矢場娘の値は鎌倉河岸の岡場所よりだいぶ高く、一分だが、時間に制限はない。

客は近くの出合《であい》茶屋に矢場娘を連れこむ。矢場と出合茶屋は、たいていおなじ経営であった。

毒島左膳が当たり矢の暖簾《のれん》を分けて入ってきたのは、店を仕舞《しま》おうかという時刻であった。

「あら」

右の壁ぎわの中ほどにいた矢場娘が喜色をうかべて黄いろい声をあげた。

「左膳の先生。きてくれたのね」

矢場娘が嬉しそうにほほえみながら、毒島左膳に走り寄っていく。これまでに、二度、買ってくれた。馴染《なじ》みである。

左膳は矢を十本買い、的に射た。ことごとく当たった。矢代《やだい》が連れ出し料なのだ。店の男衆に一朱を払う。

矢場娘はそのままの姿でいそいそと寄り添う。男衆が愛想笑いをうかべながら番傘を差してくれた。

毒島左膳は矢場娘とあいあい傘で路地の奥の出合茶屋へ歩いていく。矢場娘はおみねといった。今年十七になる。可憐《かれん》で愛くるしい娘である。毒島左膳には、そうした少女趣味があるのだ。

毒島左膳とおみねは出合茶屋の六畳間に入った。出合茶屋の使用料も一朱である。

毒島左膳はおみねの掌に一分銀を載せた。おみねは白い歯をみせてにっこりすると、夜具の上にしどけなく横ずわりした。絣《かすり》の着物の膝の線がくずれて、白いふくらはぎがのぞいた。

隅に置かれた常夜行燈が六畳間に黄ばんだ明かりをただよわせている。

毒島左膳は差《さ》し料《りょう》を柱に立てかけると、鼻息荒くおみねに寄り添った。着物のえりもとをくつろげさせる。おみねのはだけたえりもとで、乳房の張りのある膨《ふく》らみが、咲きかかった花の蕾《つぼみ》のようにかすかに息づいている。

毒島左膳はえりもとに手を差し入れる。おみねの乳房をにぎりしめた。

「ああ……」

おみねは心もちあごを上向けて、かすかなうめきを洩らした。眉をひそめ、瞳を閉じている。

矢場娘は基本的に受け身で、吉原の遊女のように積極的に閨技《ねやわざ》を駆使して、客を歓《よろこ》ばすようなことはしないし、そのように高等な媚術《びじゅつ》も身につけていない。

おみねの乳房は、熟《う》れきっていない李《すもも》の実のようにひきしまっている。くっきりと稜線をきざんでいた。乳首は小さくて、つぶらだった。透《す》きとおるような色をしている。

毒島左膳はおみねの乳房を掌につつみこみ、乳首を指の間にはさみつけて、ねっとりと揉みしだいた。

「ううん、ううん、ううん」

おみねはあえぎながら肢体をうねらせた。つぶらな乳首が身をもみながら固くとがっていく。

「気持いい、感じる、感じちゃう」

おみねは酔ったような表情で、陶然と快美を訴えた。

毒島左膳はおみねの帯を解き、夜具の上に横たえ、着物をはだけさせた。ういういしい少女の裸身があらわになった。おみねは顔を横に向けて瞳を閉ざし、内腿をぴったり合わせている。

毒島左膳は両手をおみねの内腿にあてがい、力まかせに肢をおしひろげた。

「羞《は》ずかしい」

おみねが両手で顔をおおい、絶《た》え入りそうなつぶやきを洩らした。

毒島左膳はおみねの股間へ劣情で脂ぎった貌を寄せた。秘処には草いきれのような蒸《む》れたにおいがこもっていた。割れ目は幼い少女のようにパックリしている。下腹の下に恥毛がたよりなく繁っていた。

毒島左膳は舌なめずりしながら、おみねの秘処の陰唇を指でひろげた。左膳の細くすぼめた眼が異様に濡れている。割れ目の深みは綺麗な薄紅色であった。おみねが腰をうねらせるたびに、割れ目がほころびたり開いたりして、あざやかな光沢をたたえた襞《ひだ》が見えかくれした。

毒島左膳は片手で爆《はじ》けるような若い乳房の頂きの桜色の乳首をつまんで揉みながら、おみねの局部の割れ目のふちを舌先でなぞった。舌先が上端の敏感な肉の芽にふれた。

「あっ!!」

おみねがおどろいたような声をはなった。くびれた薄い脇腹が電流に触れたかのようにびくんと慄えた。

「先生、あたしのあそこに稲妻が走ったの。頭の中に星屑《ほしくず》が爆け散ったの」

おみねがうわ言のように口走った。その可憐な声が毒島左膳の劣情をあおった。

毒島左膳は異臭をはなつボロ袴を脱ぎ、着物の裾をめくりあげると、下帯を外してあぐらをかいた。

「おみね」

左膳はおみねの手首をつかんで上体を荒々しくひきおこすと、首根っ子をおさえつけて、顔を股間の怒張に近寄せた。

「硬い、太い、たくましい」

おみねは左膳の怒張を両手でかこい、瞳をみひらき、声をはずませた。

「おみね、強い男のものは硬くて、たくましいのだ」

左膳が自慢げにいった。自慢できるのは剣の腕だけだった。

「先生、お強いの」

おみねの瞳がかがやいた。

「旗本だろうと、だれだろうと、そんじょそこらの者には引けをとらぬ」

左膳が小鼻をふくらませてうそぶいた。

おみねが怒張して小刻《こきざ》みにわななく左膳の亀頭を舐めた。亀頭と陰茎のあいだの溝に桃色の舌を這わせた。

おみねが顔をあげ、にっと笑った。

「ちょっぴりしょっぱい」

左膳は面映《おもはゆ》そうにえらの張ったあごをさすりあげた。

「すこしだけど、おしっこのにおいがする」

うふっと笑い、唇で陰茎をなぞった。指がリズミカルにふぐりを刺激する。

おみねのぽってりした唇のはしから唾液がつたい落ちた。陰茎を深々とのみこむ。幹の脈動を抑えるようにくちびるを締めつける。

おみねの尻が突きだされている。ふっくらした尻は、常夜行燈の明かりを受けて、若い白桃の肌《はだ》のように、なめらかにしっとりと、魅惑的に見えた。

左膳はおみねの尻を両手ではげしくつかんだ。成熟しつつある娘の、未成熟であるためにかえってなまめかしい魅力が匂うようであった。

おみねは唇で陰茎をしごきたてながら、膝を立てて、腰を高くかかげた。

左膳は脳を灼《や》くような淫情にかりたてられ、おみねの尻の谷間に顔を埋めた。薄紅色の秘処の割れ目に唇をおしつけ、つよく吸いあげると、おみねのなめらかな内腿がそそるように痙攣《けいれん》した。

「先生!!」

おみねはかん高く叫ぶと、左膳の膝の上に跨《また》がってきた。尻を浮かし、左膳の陰茎に手を添えて秘処に導く。秘処はしたたるばかりに蜜に濡れ、熱気にむせかえっていた。

亀頭が秘処に浅く埋めこまれた。

おみねはきまじめなおももちで、慎重に尻を沈め、付け根まで左膳とからだをつないだ。左膳の頸《くび》すじに両腕を巻きつけ、胸をこすりつけるようにして腰を揺すりあげる。よく動くしなやかな腰である。おみねの乳房が左膳の胸にはさみつけられ、押《お》し潰《つぶ》されたようにゆがんでいる。

「ああ……気が……」

おみねが金切り声をはりあげて、左膳にしがみついた。一物を包含《ほうがん》している襞がつよく収縮する。

左膳は一気に上昇し、爆けた。精液が勢いよくほとばしった。

おみねが背中を弓なりにそらして硬直した。顔が凍りつき、目尻が小刻みに痙攣している。

幾許か経《た》った。

おみねは左膳からからだをはなすと、身を寄せるようにして横たわった。情交の余韻にひたっているような表情であった。

(おれも、若くなくなったものよ)

左膳はほろにがそうに口もとをゆがめた。若者のように荒々しく求める気持は薄れ、むしろ、女に歓びを感じさせ、満ち果てさせることに満足感をおぼえるようになった。

羽州長瀞を脱藩して三年余り、江戸での暮らしは楽ではない。今夜のように賭場帰りの遊び人を襲う辻斬りも、かずしれずやった。今夜のように大金を手にすることなど滅多《めった》にない。辻斬りしても、たいていは一両か二両だ。財布に小粒しか入っていないこともめずらしくない。

辻斬りは割りに合わない生業《なりわい》といえるだろう。

毒島左膳は銭屋から月二分の捨て扶持をもらっている。銭屋は江戸屈指の廻船問屋で、本店を日本橋堀留《ほりどめ》町《ちよう》にかまえ、上野広小路、両国広小路に脇店《わきみせ》を出し、品川や鎌倉河岸北詰めに幾十もの蔵をもっている。

そうした巨大な廻船問屋は、腕の立つ浪人を何十人も雇っている。もとより、大金を出すわけではない。月に二分がせいぜいだ。

だが、ぜいたくは言えない。二分あれば、ひと月は楽にすごせる。

銭屋のような廻船問屋は、江戸の暗黒街ともつながっているにちがいない。暗黒街との間にいざこざが生じた場合、捨て扶持をくれて飼っている浪人どもを呼び集め、闘争におよぶというわけである。

「先生」

おみねは左膳の肩に頬を寄せると、しんみりした声でつぶやいた。

「おとっつぁん、このところ、だいぶ悪いの。お医者さまは高麗人参《こうらいにんじん》を飲ませなければよくならないっていうけど、高くて、あたしの稼《かせ》ぎじゃとても買えやしない」

おみねはたよりない吐息を洩らした。

父親の治平《じへい》は線香《せんこう》突きの職人で、母親は二年前に死んだ。おみねは長女で、下に二人の弟と三人の妹がいる。典型的な貧乏人の子だくさんである。

一家は深川・吉岡町の裏長屋で、肩を寄せ合うように暮らしていた。

「あたし、小さい頃から麦粥《むぎがゆ》と野菜屑《やさいくず》しか口に入れたことがなかったわ」

おみねは淋《さび》しげにほほえんだ。

毒島左膳はいじらしくなって、おみねの肩を抱き寄せた。浅黒い肌からやるせないにおいがただよってくるように思え、柄にもなく胸がせまった。

線香突きというのは、どろどろに練った抹香をつくり箱に入れて大石の重しを載せる。すると箱底の細い穴から線香になって出てくる。つまり、線香づくりの職人のことだ。

「線香突きは、からだによくないそうなの。おとっつぁんも痩せて、顔色がよくなく、妙な咳《せき》ばかりしていたの」

おみねは頬にからんだほつれ毛をかきあげた。双の乳房が中央に寄り、胸に深い谷間ができている。

治平が押上《おしあげ》村の仕事場で倒れたのは母親が亡くなってすぐで、おみねは、病床の父親をかかえ、しかも、五人の弟や妹を食べさせなければならず、心ならずも両国橋東詰めの矢場で働くようになったのだという。

「おとっつぁん、治らないの。労咳《ろうがい》だもの」

おみねが唇を噛んだ。頬がかすかにわないている。

左膳は床から身を起こした。財布から二枚の小判をとりだすと、おみねの手に握らせた。

「些少《さしょう》だがとっておけ。父親に高麗人参を飲ませよ」

「先生、ありがとうございます」

おみねは床に額《ひたい》をすりつけて謝意をあらわした。だが、心の中で赤い舌をぺろりとだしているのだった。

父親の話など口から出まかせであった。

裏長屋の娘たちは、縹緻《きりょう》さえよければ両国や浅草《あさくさ》広小路の矢場、富岡八幡前、根津《ねづ》権現前、愛宕《あたご》権現下の茶店へすすんで通う。

それが普通であった。

そして、甘そうな客には同情をそそるようなつくり話で金をせしめる。

毒島左膳よりおみねのほうがはるかにしたたかなのである。

「先生……」

おみねは左膳の耳もとで熱っぽくささやくと、股間に手をのばし、一物を握り込んだ。ゆっくり擦《こす》りはじめる。萎《な》えていた陰茎の芯に活力が甦《よみがえ》り、勃起《ぼっき》しはじめた。

左膳はおみねの唇に唇をおしかぶせ、力のかぎり吸った。

6

その日はどんよりした曇り空で、いまにも雨が降りだしそうな気配だった。

影月竜四郎は両国広小路をぶらついていた。破落戸《ごろつき》にからまれている商家の内儀、町娘、粋筋《いきすじ》の女を捜すためだった。

仇討ちの助勢をして得た五両は、あらかた使いはたし、ふところには一両と小粒が少々しかのこっていない。金が入るとたちまち使ってしまう。吉原《なか》にくりこめば、五両など、それこそあっという間だ。

（まあ、なんとかなるだろう）

竜四郎はあごに手をあてがった。

金は、なんとなく入ってくるものだ。そうやって、今日まで生きてきた。江戸へきて、数年は辻斬りで食っていた。人足のような力稼ぎは浪人には合わない。軀が働くようにできていないからである。元侍《もとざむらい》はつぶしがきかないのだ。

辻斬りも楽ではない。当たり外れが大きいのだ。しかも、斬るところを人に見られでもしたら、風をくらって江戸から遁走《とんそう》しなくてはならない。八丁堀《はっちょうぼり》の同心に捕えられれば小塚っ原の獄門台に首が載ることになる。

商家の内儀や娘にしめし合わせた無頼漢どもを挑ませ、それを助けて礼金をせしめるという手も何度か使った。だが、礼金をもらう前に同心に突き出されかねない。それで、旧悪が露見《ろけん》して、打首になった仲間がずいぶんといる。

脛《すね》に疵《きず》をもたない浪人などいない。竜四郎も、いくつもの疵をもっている。

「ふむ」

竜四郎は歩をとめた。眉間にかすかな縦皺が刻みつけられた。

両国広小路は織《お》るような雑踏であった。武士も、町人も、振袖姿の町娘も、小僧を供に連れた商家の内儀も、僧侶も、職人も、遊び人も、浪人も、さまざまな人々が川のように流れていく。

右手の酒屋の脇に格子縞《こうしじま》の着物を尻っぱしょりした若い男の眼つきが気になった。獲物を狙う狐のような眼である。

若い男の眼は左手から駒下駄を鳴らして歩いてくる、あでやかな振袖をまとった娘に向けられている。島田に結った髷に流行《はやり》の高価なかんざしを二本差している。十六、七だろうか。濃い化粧をした派手なつくりの顔は裕福な商家の娘のものであった。

格子縞の着物の若い男は、商家の娘にすっと近寄り、すれちがいざまに懐中の物をすばやく掏《す》り盗《と》った。

手際はあざやかだったが、若い掏摸は刃物をつかった。鎌鼬《かまいたち》という汚い手口だ。すぐさま人混みにまぎれこもうとする掏摸のえりくびを、走り寄った竜四郎がむんずと、つかんだ。

「おい、掏摸。娘さんから掏り盗った物を出せ!!」

竜四郎がいった。どすの利いた声であった。娘は驚愕《きようがく》して棒立ちになっている。

「野郎!!」

若い掏摸は野獣のように吠えると、ふところの匕首をひきぬきざまに、軀をひねって竜四郎に猛然と斬りつけた。その手首に、竜四郎ははっしと手刀をくれるや、すかさず、顔面を拳《こぶし》で殴りつけた。火を噴くばかりの激烈な一撃に、若い掏摸はうぐっとうめいてのけぞった。

竜四郎は利刀をするどく鞘走《さやばし》らせた。掏摸の背中から帯にかけて、着物一枚が切り裂かれた。

「ひゃあ!!」

若い掏摸は両眼を白くむきだし、気をうしなって倒れた。

竜四郎はかがみこんで掏摸のふところを探った。まわりは物見高い野次馬がとり巻いている。

竜四郎は錦繡の袱紗包みを掏摸のふところからつかみだした。笹百合《ささゆり》の定紋《じょうもん》が入っていた。握ると、固い紙のような感触が掌につたわってきた。

ひょう!!

空気を切り裂いて吹き矢がするどく飛んできた。竜四郎は、反射的に跳び退《ずさ》った。吹き矢は若い掏摸の頸の付け根にぐさりと突き刺さった。若い掏摸は瀕死の昆虫のように全身を痙攣させた。吹き矢は青ぐろい色に濡れている。

「斑猫《はんみょう》の毒か」

竜四郎の刻みのするどい貌がけわしくひきしまった。

まわりの野次馬たちをみまわすと、竜四郎は歯切れのよい声でいいはなった。

「拙者は信州浪人、影月竜四郎と申す。住まいは神田三河町《かんだみかわ》、人別帳に載っているれっきとした江戸市民である。この両国広小路で掏摸を見かけた。あとは、ご覧のとおりだ。おっつけ、町方役人《まちかた》が来るだろうが、そのようにつげるがよい」

竜四郎は錦繍の袱紗を掏られた娘に歩み寄っていった。娘は顔をひきつらせている。膝がわらっている。人が殺されるところをはじめて見たのだろう。動顛《どうてん》して口もきけない。

「娘御、住まいはどこだな」

竜四郎はおだやかに訊《き》いた。

「上野稲荷町《いなりちょう》でございます」

「うむ」

竜四郎は辻駕籠を拾い、うながして娘を乗せた。両国広小路から上野稲荷町まではかなりの距離だ。歩くには遠すぎる。

辻駕籠が掛け声をかけて走りはじめた。

駕籠が稲荷町に着いたのは未《ひつじ》の刻（午後二時）すぎだった。

娘の家は横町の一軒家だった。六畳と四畳半、台所と厠《かわや》があり、せまいながら庭もついていた。若い娘の一人暮らしにはぜいたくすぎるというものである。炊事、洗濯、身のまわりの世話は女中のお米《よね》がやってくれる。

竜四郎は六畳間で娘と向かい合った。お米がお茶と煎餅《せんべい》をはこんできた。

「わたくし、上野広小路に店をかまえる多慶屋の三女で、由香里と申します」

「なるほど」

竜四郎は納得したようにうなずいた。上野広小路の多慶屋は家具、調度のたぐいから、酒、米、薪炭まで幅広くあつかうよろず屋で、薄利多売に徹し、この不景気に連日、押すな押すなの繁昌ぶりである。

多慶屋の三女なら、遊び暮らしていても不思議ではない。

「これは、そなたのものかな」

竜四郎は錦繡の袱紗包みを由香里の前に置いた。由香里は怖《おそ》ろしそうに顔をこわばらせた。

「それは、幼なじみの伊三次さんからあずかったものです」

由香里が頰をこまかくふるわせた。

「そんなこわいもの、持っていられません。竜四郎さま、奉行所に届けてくださいませ」

「ならば、拙者があらためよう」

竜四郎は袱紗包みをあらためた。なかから怪しげな極彩色《ごくさいしき》の南蛮歌留多《なんばんかるた》があらわれた。

しかも半分に切ってある。切り口は波形であった。

「ふむ」

竜四郎は眉を曇らせた。南蛮歌留多には、金色の眼に憎しみを燃やした身の毛のよだつような夜叉《やしゃ》の絵が描かれていた。夜叉の貌《かお》は白く塗りつぶされている。

（この夜叉の絵に、なにか秘密でも隠されているのだろうか）

竜四郎の貌がけわしくなった。

若い掏摸は毒を塗った吹き矢で殺された。口を封じなければならなかったのだろう。

竜四郎は半割り波形の歌留多の背後に巨大な組織のうごめく気配を感じずにはいられなかった。

（練塀小路《ねりべいこうじ》の河内山《こうちやま》の知恵を借りなければならぬな）

竜四郎は茶を一服した。

「そなたにこの袱紗包みをあずけた伊三次という幼なじみは、なにをしている者だな」

「くわしいことは知りません」

由香里はいいにくそうにこたえた。

「けれど、近所のうわさでは巾着切《きんちゃくき》りの親方に弟子入りしたというはなしです」

「巾着切り？　掏摸《すり》か」

竜四郎の眼が微妙にうごめいた。おそらく、錦繍の袱紗包みは伊三次が誰かから掏り盗ったものだろう。

伊三次は、すでにこの世にいないかもしれぬ。なぜなら、由香里が掏摸に襲われたのだ。伊三次は袱紗包みを掏り盗った者に捕えられ、由香里に袱紗包みをあずけたことを白状させられたに相違ない。

「これは、拙者があずかっておこう」

竜四郎は袱紗包みに南蛮歌留多の片割れをもどすと、ふところにしまいこんだ。

「それでは、拙者はこれで。ご免」

竜四郎は腰を上げた。

第二章　吉原《よしわら》まぼろし

1

陽が暮れかけている。

影月竜四郎は山之宿に向かって歩をすすめていく。左側に本願寺の長大な石塀がつづいている。本願寺をすぎると浅草の寿《ことぶき》町に出る。寿町から浅草広小路を抜ければ、山之宿はもう目と鼻である。

「ふむ」

竜四郎の双眸が凍ったようにひらめいた。左手で利刀の鯉口を切った。右手の雑木林に殺気が渦巻いている。刺すような烈しい殺気であった。

ひと呼吸あった。

七、八人の浪人どもが雑木林のなかから躍《おど》りだし、白刃をかざして群狼《ぐんろう》のように襲いかかってきた。
尾《つ》けられたのだ。

「つつみこめい!!」

「逃がすな!!」

怒号をあげ、泥をはね散らせて、竜四郎に斬りかかった。

「曳《えい》!!」

竜四郎は身を沈めざまに、浪人を斬り倒した。風が悲鳴をあげた。抜刀田宮流のみごとな居合い斬りである。

前後を浪人どもにつつまれかけた瞬間、雑木林に駈けこんだ竜四郎は、追いすがる浪人に身をひねり、利刀を一閃させた。そやつの袖から顎《あご》にかけて縦一文字に斬り裂いた。

「ぎゃあ!!」

そやつが絶叫を発して、のけぞり倒れた。鮮血が瀑布のように乱れ散った。

くらえ!!

一人が突風のように肉薄し、竜四郎めがけて凄まじい斬撃を送りつけた。かろうじて体をひねった左肩口を浪人の白刃がかすめた。

竜四郎は体勢を崩しながら、そやつを薙《な》ぎ払った。浪人は右脚の脛を斬られ、前のめりに崩れ込んだ。

竜四郎は雑木林の深みに走りこんだ。左肩口が灼《や》けるようであった。

竜四郎の軀に猛然たる業念が湧き起こった。痛みが闘志を燃えあがらせたのである。凶暴な戦慄が五体を駆けめぐっている。

（おちつけ）

竜四郎は奥歯を嚙みしめると、おのれにはげしい叱咤《しった》を浴びせた。

なにも渾身《こんしん》の力をこめて一人一人を斬り殺す必要はないのだ。せまい場所に逃げこんで、ひとりずつを浅く斬る。たとえ、指一本、腕ひとつでも切り落としてしまえば、相手は死なずとも戦闘不能に陥《おちい》るではないか。

そう思うとわずかながら気持ちに余裕がうまれた。

竜四郎は利刀をかまえ直すと、呼吸をととのえ、相手に気を配った。さっと踵《きびす》を旋《まわ》して、左からまわりこむ二人めがけて夜走獣《やそうじゅう》のように走った。

二人がうろたえるように足をとめ、白刃を正眼にかまえた。竜四郎はすさまじい形相で雑木の間から敵の正面に躍りだした。竜四郎の勢いに気を呑まれたのか、二人の浪人は攻撃も防禦《ぼうぎょ》も忘れた。一人が白刃を振りあげるより一瞬早く、竜四郎の利刀がそやつの腹を裂き、返す刀で、もう一人を袈裟《けさ》掛《が》けに斬って捨てた。雑木林に血の霧が舞った。

右横から雄叫《おたけ》びをあげて、敵が斬りこんできた。竜四郎は一歩退《さ》がって空《くう》を斬らせ、前のめりになる頭に利刀を叩きつけた。鈍《にぶ》い音をたてて頭蓋《ずがい》が砕け、鮮血と黄いろい脳漿《のうしょう》が乱れ散った。

残るは二人だ。

竜四郎は二人をはったと睨《にら》みつけた。汗まみれの顔は返り血を浴びて、戦慄するほどに悽愴《せいそう》であった。

「きええい!!」

浪人が大上段にふりかぶった白刃を叩きつけてきた。その一撃を、竜四郎は利刀で撥《は》ねとばした。烈火の気迫であった。

「斬!!」

竜四郎の利刀が稲妻のように閃電した。相手の首が宙を奔《はし》った。胴が枯れ葉の上に倒れ落ちていく。

最後の一人は、傷ついた野獣のような竜四郎の形相にすくみあがり、悲鳴をあげて逃げに転じた。

竜四郎は地面に血まみれの利刀を突きたて、それにすがってぜえぜえと喉をあえがした。全身に滝のような汗が流れていた。

2

浅草寺聖天門《せんそうじしょうてんもん》の東側は、山之宿《やまのじゅく》と呼ばれる盛り場であった。ここで一杯ひっかけて吉原にくりこむ嫖客《ひょうかく》も多い。

山之宿の横町に『菊亭』という小料理屋があった。その小座敷で、坊主頭の河内山宗俊、下谷山崎町《したややまざきちょう》に寝ぐらをかまえる小悪党暗闇《くらやみ》の丑松《うしまつ》、妖《あや》しい美貌の金子市之丞《かねこいちのじょう》がちびちび飲《や》っていた。

茶の羽織をはおった御数寄屋坊主の河内山は倨傲《きょごう》な人物で、肝が太く、深川や浅草に巣《す》喰《く》っている悪党どもから一目《いちもく》も二目《にもく》も置かれている。あくの強い顔は眼光がするどく、下あごがたくましい。巨大な鼻は鼻翼《びよく》が異様に張りだしている。御数寄屋坊主というより、その人相骨柄《にんそうこつがら》は暗黒街の顔役《かおやく》そのものである。

金子市之丞は堀田原《ほったはら》に道場をかまえる神道流の剣客で、太刀筋の冴《さ》えは電光のようにすさまじい。

ガラリ。

『菊亭』の格子戸が開いた。

飲んでいた客たちが振りむき、思わず腰掛けから腰をうかせた。

血だらけの竜四郎がもつれるように入ってきたのである。

「影月の旦那じゃございませんか」

暗闇の丑松は小座敷から駆けおりると、走り寄って竜四郎の肩を支えて小座敷に連れ込んだ。左肩が柘榴《ざくろ》のように割れ、血糊《ちのり》がべったり貼《は》りついている。

「たいしたことはない。ほんのかすり傷だ」

竜四郎は笑おうとした。だが、口もとがゆがんだだけだった。

「丑松、辻駕籠を呼んでこい」

河内山が野太い声でいった。

「入谷鬼子母神《いりやきしぼじん》裏の佐久間順庵《さくまじゅんあん》の処《ところ》へはこび込むのだ。手当てをしないと、左腕が利かなくなるかもしれねえ」

「承知」

丑松は表にとびだした。

「河内山、こいつが斬り合いのタネってわけだ」

竜四郎は肩をあえがせながら、ふところから錦繡の袱紗包みをつかみだした。

「なんだえ、こいつは」

河内山は袱紗包みをうけとった。

「おそらく、金になる。大金にな」

そういうと、竜四郎はがくりと首を垂れた。気力が失せ、汚濁《おだく》に呑み込まれるように意識が薄らいでいった。


竜四郎は佐久間順庵の診療所へかつぎこまれた。意識をうしなったままだった。

佐久間順庵は蘭方医《らんぽうい》で、外科手術の腕には定評があった。

順庵は上半身裸で手術台に乗せられた竜四郎の左肩の傷口を焼酎《しょうちゅう》で丹念に洗って消毒した。

「さほどに深くはない。出血もたいしたことはないぞよ」

順庵は心配そうに見守っている河内山らに自信の笑みを浮かべた。

「軀にかなりの小傷がある。左肩から背中にかけて、血しぶきがにじみ透《とお》っておろう。この者の斬り合いのすさまじさを物語っているではないか。一体、何人を相手にしたかの」

「たぶん、十人ばかりでしょうぜ。でなけりゃ、稲妻の竜がこれほどの傷を負いませんや」

丑松がいった。

金子市之丞は竜四郎の利刀の鞘を払ってみた。刀身に血糊《ちのり》がこびりついている。鍔元《つばもと》から切尖《きつさき》にかけて、雲をえがいたような脂《あぶら》のあとが残っている。

「まず、五、六人は斬り倒しただろうな」

金子市は冷えた笑みを目尻ににじませると油紙で刀刃《とうじん》にこびりついた血糊をぬぐい、つづいて、鹿のなめし革で刀刃をみがきはじめた。すぐに手入れをしないとたちまち赤錆《あかさび》が浮きだし、使いものにならなくなってしまうのだ。

佐久間順庵は消毒した小柄《こづか》の先に薄くちぎった綿をとりつけ、それに焼酎を染《し》みこませて、竜四郎のざっくり割れた傷口にさし入れた。傷口から泥、砂などの異物をとりのぞくためである。

さすがに、意識を喪失《そうしつ》している竜四郎も、苦しげなうめきを洩《も》らし、激烈な痛みからのがれようとするようにしきりと身もだえした。

暗闇の丑松と金子市之丞が竜四郎の軀をおさえつけた。

佐久間順庵は竜四郎の傷口をきれいにすると、オランダ渡りの軟膏《なんこう》をたっぷり塗りこんだ。それから、焼酎につけた絹糸を火であぶった針に通し、手際よく傷口を縫《ぬ》っていく。

うめきつづける竜四郎の顔が赤ぐろくゆがんだ。顔に霧のような薄い湯気がわいているのは、高熱を発しているからであろう。

「終わったわ」

佐久間順庵は小柄で傷口を縫った絹糸を切ると、緊張を解くような吐息を洩らし、口もとをほころばした。

「痛みが薄らげば、意識は自然に回復しよう。熱も今夜いっぱいでひく」

佐久間順庵は額ににじんだ汗を布でぬぐった。

「心配はいらぬ。このように秀《すぐ》れた筋肉質な軀をしておるではないか。これしきの傷で冥《めい》土《ど》へ旅立つような男ではないの」

「順庵先生、お手数をかけましたな。こいつをお納めくださいまし」

河内山宗俊は財布から五枚の小判をとりだし、佐久間順庵に手渡した。こうしたところは、さすがにきっちりしている。

「いたみいる」

佐久間順庵は嬉しそうに相好をくずすと、五枚の小判を手文庫にしまいこんだ。貧乏人相手の下町《したまち》の医者は、台所事情が大変なのだ。

「うちの養生所で五日ほど静かにしていることだ。傷口がふさがれば、抜糸ができるゆえな」

佐久間順庵がいった。

「金子市」

河内山宗俊が凄みのある大きな眼をぎょろりとさせた。

「竜四郎の旦那が尾《つ》けられたかもしれねえ。おまえさんとこの弟子を二人ばかり呼んで、順庵先生の診療所を見張らせておくれ。日当は一人あたま一分だ」

河内山宗俊は三枚の小判を金子市之丞の掌にのせた。

「河内山、やけに気前がいいじゃないか」

金子市之丞が皮肉っぽく眼を光らせた。

「なあに、竜四郎の旦那が恐喝《ゆすり》のタネを持ってきてくれたのよ」

河内山宗俊は図太《ずぶと》い笑みをふくむと、羽織のたもとから例の錦繍の袱紗包みをとりだした。

「こいつさ」

袱紗包みをひろげた。切り口が波形になった半割れの南蛮歌留多があらわれた。貌を白く塗りつぶされ、金色の炬眼《きよがん》をかがやかしたおぞましい夜叉の絵が描かれている。

「なんですね、そいつは？」

丑松が首をつきだして、いぶかしげに眉をひそめた。

「たぶん、抜荷《ぬけに》の割り符《わふ》だろうぜ」

河内山宗俊の目もとに脂《あぶら》っ濃《こ》い笑みがにじんだ。肚《はら》に思惑をのんでいるのであろう。

「この割り符がなけりゃ、抜荷をうけとることができねえって寸法だ。持主はなんとしても割り符をとりもどさなければならねえ。腕の立つ浪人を大勢雇《やと》って、竜四郎の旦那を襲わせたのも、うなずけるというものさね」

「さような」

金子市之丞が小さくうなずいた。

「稲妻の竜が左肩口にあれほどの深傷《ふかで》を負ったのだ。並の使い手なら、斬り殺されただろう」

「で、割り符の持主は、一体、どこのどいつなんです」

丑松が気負うように肩をゆすりあげた。

「よく見ろ。錦繡の袱紗には笹百合《ささゆり》の定紋《じょうもん》が入っているだろう。武鑑《ぶかん》でしらべれば、どなたさまの紋所かすぐにわかるだろうぜ」

河内山宗俊は袱紗包みを握りこみ、妙な表情をつくった。

「どうしたい」

金子市が訊く。

「なにか縫いこめられているぞ」

河内山宗俊は袱紗の縁を指先で擦《こす》りあげると、脇差《わきざし》の小柄を抜《ぬ》き、袱紗の縫目《ぬいめ》を慎重に切りほどいた。

ひらいてみると、ひとさじほどのさらさらした白い散薬があらわれた。白さのなかに緑の色がほのかについている。

「順庵先生」

河内山宗俊は野太い声で佐久間順庵を呼んだ。

「この散薬がなんだかおわかりかね」

佐久間順庵は袱紗に入っていた散薬に顔を近づけると、そのにおいを嗅《か》ぎ、指先につけて舐《な》めた。刺戟的なするどい匂いだった。

「まちがいない、白面《ヘロイン》じゃ」

佐久間順庵のおももちがけわしくなった。

「最高に精製された純度の高い麻薬じゃよ。阿片《あへん》などとはくらべものにならん」

「なるほど。割り符の夜叉は白面の符号ってわけだ」

河内山宗俊が喉の奥で悦に入るようなふくみ笑いを洩らした。

「夜叉の面は白い。つまり、白面。しかも、夜叉は魔物、魔物は麻薬に通じるという謎解きよ。どうだえ、この河内山も、てえしたものだろうよ」

「河内山、問題は笹百合の定紋だな」

金子市之丞の妖しく冴えた横顔に、かすかな緊迫の色がこもった。

「割り符を持っているかぎり、われわれは命を狙われる。笹百合の定紋も必死だ。抜荷の白面を買っていたとなると、ただではすまぬ。取り潰しは必定だからな」

「金子市、危ねえ橋を渡らなけりゃ、千両箱は手に入らねえよ」

河内山宗俊は不敵な笑みを目もとに刻みつけた。なんとも肚《はら》のすわった男である。

3

吉原は今宵《こよい》もはなやかだった。吉原五丁に軒を連らねる朱柱を配した楼閣から、番頭新造《ばんとうしんぞ》の三味線を掻《か》き鳴らす『みせすががき』の音がにぎやかにひびいている。

みせすががきは、吉原の夜の世界の開幕をつげるもので、引け四つ（深夜零時）まで、間断なく弾《ひ》かれる。

吉原には自由でのびやかな雰囲気が横溢《おういつ》している。黒塗りの大門を一歩くぐれば、庶民《しょみん》をがんじがらめに縛りつけている四民の階級がなくなってしまう。

幕府から特別な自治がみとめられている吉原は、江戸の別天地といってよい。

大門から秋葉常燈明《あきばじょうとうみょう》を祀《まつ》った水戸尻《すいどじり》までまっすぐにのびた仲《なか》の町《ちょう》通りの中央に、きらびやかな花燈籠《はなとうろう》が並んでいる。通りの両側に軒を連ねる楼閣は軒先にずらりと提灯をかけ、吉原はさながら真昼のような明るさである。

吉原には遊廓《ゆうかく》ばかりがあるのではない。吉原茶屋もあれば、割烹《かっぽう》、小料理屋、鮨屋《すしや》、鰻屋《うなぎ》、酒屋に紅屋《べにや》、かんざし屋、衣装屋、なんでもそろっている。しかも、そうした店は日本橋に本店をかまえた大店《おおだな》の脇店《わきみせ》で、あつかっている品物は極上品ばかりであった。

江戸町《えどちょう》二丁目の角に、龍宮《りゅうぐう》を模《も》したような極彩色の造りの楼閣がある。大口屋《おおぐちや》である。

二階の奥の部屋の次《つぎ》ノ間《ま》の絵ぶすまがすっとひらいた。

冷んやりした空気が流れこんできて、六曲屏風《ろっきょくびょうぶ》の脇の絹行燈《きぬあんどん》の灯りがほのかに揺れた。

夜具の中で腹這いになっていた片岡直次郎《かたおかなおじろう》が掛け布団を跳ねあげて軀を起こした。錦絵から抜け出てきたような美男であった。目もとがすずしい、ほそおもての顔に男の色気が匂い立つかのようである。

白い手が絵ぶすまを閉める。

「直さん、お待たせ」

三千歳《みちとせ》が露をふくんだような声とともに、直次郎にふりかえった。燃えるがごとき唐紅の長襦袢がしどけなくずりさがり、丸い肩と白い背中がのぞいている。

大口屋の看板花魁《おいらん》である。のびた頸の線が妖しいばかりになめらかであった。

三千歳が直次郎にしっぽりと寄り添《そ》った。直次郎が長襦袢の紫の紐《ひも》をほどく。紐がはらりと解《と》ける。花魁の締めている帯や紐は、手をふれればすぐさま解けるように結ばれているのである。

長襦袢の前がなやましげにはだけ、白い裸身が絹行燈の明かりにつややかに浮き上がった。乳房と腰骨の張ったみごとな裸身である。

直次郎の手が三千歳の乳房にのびる。白い乳房はわずかなたるみもみせず、くっきりした稜線を刻みつけていた。膨《ふく》らみを指で押すと、全体が揺れるだけのみごとな張りをたたえている。乳暈《にゅううん》と乳首は淡い桜色の影かと思うほど色が薄かった。

直次郎は三千歳の肩を柔らかく抱き、唇をおしかぶせた。三千歳の上唇と下唇をかるくついばむ。乳房を根もとから握りこみ、静かに揉みしだく。乳首の芯がたちまち固くなりはじめた。

三千歳のくちびるは柔らかく、熱く、甘かった。紅のほのかな香りが鼻孔をここちよく刺戟する。

三千歳の薄桃色の舌が直次郎の口の中に小蛇のように忍びこんでくる。三千歳の唾液は蜜湯のように甘かった。悪戯《いたずら》をするような動きで、直次郎の舌を巧みに誘いだす。三千歳の舌がリズミカルに躍り、ねっとりとからみつき、直次郎の欲情を掘り起こしていく。

吉原の花魁の絶妙な閨技《ねやわざ》であり、舌戯《ぜつぎ》だ。

三千歳の手が直次郎の腰にのび、下帯をはずす。しなやかな指が股間の陰茎を熱っぽく握りこむ。直次郎の陰茎は熱く、芯に活力がみなぎっていた。

直次郎ははげしく欲情して、三千歳を組み敷き、胸におおいかぶさった。弾力のある豊かな乳房が波打つように揺れた。

直次郎は三千歳の透《す》きとおるようなうなじに唇を這わせながら、乳房を下から掬《すく》いあげるようにして掌に包みこんだ。掌のなかで乳房が固くふるえた。

「ああ……」

三千歳は眉をわずかにひそめて瞳を閉じ、甘いあえぎを洩らした。直次郎のもたらす快感を味わい尽そうとしているかのようであった。

乳首が張りつめ、固くはずんだ。指のあいだで、乳房がうねるように形を変えた。直次郎の指を強い張りが押しかえしてくる。淡い色の乳暈と乳首が濡れたような光沢をたたえている。

直次郎は乳首に唇をかぶせ、つよく吸い、あやすように咬《か》んだ。一方の手が乳房をはげしく揉みしだいている。

三千歳はほっそりしたあごを反《そ》らせると、ふるえるような声をあげて、からだをわななかせた。

直次郎は三千歳の腋の下から乳房のあいだを何度も舐《な》めあげた。乳首を吸い、舌を躍らせた。

三千歳の甘いあえぎがとまらなくなった。嗚咽に似た声だった。あえぎはときおり、喉に共鳴するような野太いひびき方をした。

直次郎は軀を起こすと、官能の渦に巻かれて、放恣《ほうし》の姿をさらけだした三千歳の白い脇腹から内腿へ唇をすべらせた。内腿を舐めあげるたびに、三千歳の股がわずかずつ開いていく。

直次郎は三千歳の股間に顔を寄せた。片手で乳房を揉みあげている。

三千歳の秘処には一本の毛もなく、むきたての茹玉子《ゆでたまご》のようにつるんとしていた。しかも、局部は凝脂《ぎようし》に照りかえって、むっちりとふくれている。なめらかで、あたたかな丘の中央に桃色の割れ目が走り、上方に薄紅色の包皮が割れ目をつき破るようにしてむっくりとのぞいている。

三千歳は、けっして無毛症なのではない。水蜜桃《すいみつとう》のように美しい秘処は、十二、三歳のころからの入念な手入れによる成果であった。

吉原の高級花魁《おいらん》たちは、いわゆる地女《じおんな》（素人女《しろうとおんな》）にくらべて格段の媚術《びじゅつ》（閨技《ねやわざ》）を持っているのである。「毛を抜く」という局部の手入れも媚術のひとつにほかならない。

大事な場所の手入れに無関心な現代の若い娘などは、吉原の洗練された花魁からみれば、さしずめ、鼻の曲がるような臭いをはなち、茨《いばら》のような陰毛をほしいままに繁らせた汚《きたな》らしい地女ということになるであろう。

三千歳の薄桃色の割れ目の深みから甘く濃密な香りが馥郁《ふくいく》とただよい出てくる。

花魁は香料を入れた湯につかり、さらには秘処の内部に常時匂袋《においぶくろ》をさしこんでおくというけなげともいえる努力をしているのだった。

直次郎は三千歳の情夫《いろ》である。情夫はおのれの技を駆使して三千歳を歓《よろこ》ばせ、堪能《たんのう》させなければならない。それが、情夫のつとめというものなのだ。

直次郎の舌が三千歳の局部の切れ込みに添《そ》えられた。刹那《せつな》、三千歳の乳白色の肢体がはじかれたように跳ねた、鮮烈な快感が湧《わ》いたのだろう。

直次郎は指で三千歳の桃色がかったやわらかな陰唇をおしひろげた。割れ目のふちに、うるみがにじみひろがって、透明に光っている。珊瑚色《さんごいろ》の切れ込みの間から、二枚の薄い花びらが、寄り合ったまま、わずかに頭をもたげていた。

三千歳はもろそうなあごをわずかに反《そ》らし、とろけるようなあえぎを洩らしつづけている。躯の奥深い芯のあたりに甘美な疼《うず》きがうまれているのだろう。

直次郎の唇が薄紅色の包皮の形づくっている小さな細長い隆起を脂《あぶら》っぽくなぞりあげていく。やがて、二本の指が包皮の深みにひそむ深紅の陰核を掘り起こした。

「ああ――」

三千歳の唇からするどい悲鳴が散った。濃密な快感が波状的に寄せてきながら、徐々に高まり、子宮の深みにまで刻み込まれてくる。からだ中の血が沸騰《ふっとう》するようなたまらない快感だった。

三千歳はせりあがってくる声を抑えることができなかった。恥骨のあたりに、直次郎の熱い吐息がかかるのを感じた。吐息は割れ目の花びらをそよがせて、内腿につたわってきた。息の気配ののこっている内腿に、直次郎の唇がおしつけられた。舌先が小さく掃《は》くようにうごめき、尻の丘が寄り合ったところで小さく躍った。

「ああー、ああー、感じる。気持いい……気がいく……」

三千歳は声をあげて、無意識に大きく腰を浮かせた。直次郎の唇と舌は、くすぐったくて、淫《みだ》らで、きわどくて、なんともいえない昂奮をそそってやまない。

三千歳の歓喜のもだえをうかがった直次郎は頃合いをみて、内腿を大きく反《そ》り返した。あからさまになった三千歳の美しい局部は、すでにしたたるばかりに濡れそぼり、厚《あつ》い莢《さや》を割って露頭《ろとう》した陰核が、燃えるような鮮明な色をみせて、かすかに息づいていた。

唇を割れ目におしつけると、うるみは熱く、わずかに粘る気配があった。

「直さん、もう……堪忍……入れて、入れてくれなまし」

三千歳がはげしくかぶりをふって咆《ほ》えるようにいいはなった。横兵庫に結ったつややかな髷ががっくりと崩れていた。

直次郎はひどくきまじめなおももちで、陰茎を三千歳の濡れた局部におしつけた。浅いところでゆっくりと抜き差ししていると、膣の粘膜が迎えたがっているような吸いつき方をしてきた。

「ねえ、深く……」

三千歳はすこしどもるような、うら悲しいような口調で訴えた。

「深くよ。直さん」

寝言のように、ゆっくりといい、局部をせりだした。

直次郎は両手で三千歳の乳房を握りしめると、腰に力を入れて陰茎を突き入れた。怒張して猛り立つ陰茎は膣の粘膜を押し分けて進み、ほどなく深奥に達した。

三千歳は両脚を直次郎の腰にはさみつけると、陰茎を付け根まで深々とくわえこんだ。

三千歳の唇から途切れ途切れの呻吟《しんぎん》が洩《も》れ、横一文字に吊りあがった瞳のふちが小刻みに震えだした。その美貌には、貪婪《どんらん》に快感をむさぼりたいという女の情念が顕著《けんちょ》にあらわれていた。

三千歳の局部の深みの襞が、埋め込まれた陰茎を何度も摑《つか》み直す。蠕動《ぜんどう》しながらじわじわと緊縮する。やがて、もんどり打つような動きが粘膜全体に起こった。

「いく、いく、いく、いくぅ」

三千歳は繊細な悲鳴をあげた。金縛りに遭《あ》ったように全身が痙攣しはじめた。

それを見た直次郎は、それまで堪えていた緊張を一気に解きはなち、したたかに放出した。

「いい!! いい……」

三千歳は白目《しろめ》を剝《む》いて失神した。肉体は仮死状態のように硬直している。

直次郎は果てたあとも、しばらく三千歳とからだをつないでいた。

情交のあとには、信じられぬほどの静寂が訪れる。雲をつきぬけたような空白といってもよい。

やがて、三千歳の絶頂感の余韻が退くのを待って、直次郎はからだをはなした。

三千歳がなお火照《ほて》りの残るからだを直次郎に寄せながら、いぶかしげなつぶやきを洩《も》らした。

「また、ちがったわ」

三千歳は恥じらうように顔を伏《ふ》せた。のぼりつめた瞬間の感覚をいっているのだろう。

直次郎は頬づえをついて、三千歳の顔をながめた。三千歳の果てていくときの表情がたまらなく好きだった。泣いているとも怒っているとも、甘えているようにも見える。そうした千変万化の表情に、花魁《おいらん》のかぎりない情念と妖《あや》しさが秘められているような気がする。

「直さんとのこと、いつも、微妙にちがうのよ。好きでもないお客とのときは、なにも感じないのに……」

三千歳が思案げに眉を曇らせた。

「これが、違うのかい」

直次郎は好奇心をおぼえて、三千歳の股間に手をのばし、いま果てたばかりの肉の芽に指先を触れた。

「そっちは、するどくて、痺《しび》れたようになるの」

「こちらは、どうかな」

割れ目の深みに浅く指を埋め込んだ。

「そこは、深くて、力強くて、頭の先に稲妻が走るような感じ……」

「まあ、いいか」

直次郎は莨盆《たばこぼん》をひき寄せた。煙管に莨をつめ、火をつけ、一服、すぱっと喫《の》んだ。

「三千歳は知っていたかな。稲妻の竜をさ」

「知っているともさ、影月竜四郎さまでしょ」

三千歳が目もとをなごませた。すると、勝気《かちき》そうな瞳が春の弦月《げんげつ》のように淡《あわ》く煙り、やわらかな笑顔になった。

「精悍《せいかん》で、にがみ走っていて、腕にも、脚にも、軀にも、筋肉が縄のようによじれていて……。ああいうお侍がお客だといいな」

「ちぇっ!! なにをいいやがる」

直次郎は露骨に厭な顔をした。妬《や》けてきたのかもしれない。

「その稲妻の竜が左肩口をざっくり斬られたってはなしだ」

「なんだって!!」

「本願寺沿いの道で、七、八人の凄腕の浪人に襲いかかられたらしい。稲妻の竜はほとんど斬り倒したそうだがな」

　直次郎は煙管の灰を莨盆に叩き落とした。

「狼浪人どもに襲われたのは、稲妻の竜が掏摸《すり》から取りあげた錦繍《きんしゅう》の袱紗《ふくさ》のせいらしいのよ。そして、河内山の旦那の出番とあいなったってわけよ」

「掏摸……」

　三千歳が疑わしげに瞳を動かした。

「そういえば、わちきのお馴染みのお大尽も大切なものを掏《す》られたといっていたわ。気の毒なくらいに落ちこんで、股間のものも萎《な》えたままなの。どんなにあやしたって駄目」

「馴染みのお大尽？　だれでえ、そいつは？」

「廻船問屋の銭屋の惣番頭でね。越前屋甚兵衛という脂ぎった商人《あきんど》。いつもは、ねちねちとしつっこいの」

　三千歳が嫌悪するように顔をしかめた。

「銭屋といや、加賀《かが》百万石前田《まえだ》家のおかかえで、このところ、江戸財界でも頭角《とうかく》をあらわしている大商人《おおあきんど》じゃねえか。その銭屋の惣番頭ともなればたいした羽振りだろうぜ」

「なにいってるの。けちくさくって、どうしようもない奴よ。あちきのお末社《まっしゃ》（従者）たちに仕出し弁当のひとつもとってやらないんだから」

三千歳が頬をへこませた。

「そんなしみったれの狒々《ひひ》商人《あきんど》、袖にしちまえばいいじゃねえか」

「それが、そうもいかないのさ。あちきには、御家人崩れの情夫《いろ》がいることだしね」

三千歳が皮肉めいた目つきで、直次郎の顔をのぞきこんだ。

「で、その越前屋甚兵衛って銭屋の惣番頭は、一体、どんなお宝を掏《す》られたっていうんだい」

直次郎は軀を起こすと、三千歳に向き直った。

「取引に欠かすことのできない大事な札とかいっていたわ」

「取引に欠かすことのできないってか。こいつはもしかしたら、瓢箪《ひょうたん》から駒かもしれねえやな」

直次郎は意味ありげに薄笑うと、指をバチンと鳴らした。

4

影月竜四郎は十日ぶりに神田三河町二丁目の家にもどってきた。

潰《つぶ》れかかった小家だが、それでも一軒家で裏には井戸もある。間取りは六畳と三畳、これに台所と厠《かわや》がついている。腹をすかした痩せ浪人の分際で曲がりなりにも一軒家に住んでいるのだ。贅沢《ぜいたく》とはいえないまでも、恵まれているほうである。

この大江戸には住む家もない浪人がかぞえきれないほどいるのだ。冬になると、毎年、凍死者が千人をこす。

神田三河町は一丁目から四丁目まである。筋違御門《すじかいごもん》の南西を江戸城外濠《そとぼり》にかけて細長く連らなった町だ。

竜四郎は去年の春、片岡直次郎の紹介でここに引っ越してきた。

三河町は徳川氏が初めて江戸へ入国したとき、供《とも》としてついてきた下級武士たちが住みついたところで、そこから三河町の町名がうまれた。いまでは、諸国から入りこんできた貧乏人がごたごた住んでいる。

一丁目から四丁目まで、軒の低い板葺《ぶ》きの古ぼけた長屋が、ぬけ路地をはさんでびっしりならび、継ぎはぎだらけの着物を着た子供たちが路地を走りまわっている。

竜四郎が住まいの玄関の戸を開けようとすると、物陰から商家の丁稚《でっち》が走り去っていった。家を見張っていたのかもしれぬ。

竜四郎は別段、気にもとめず、家に入り、雨戸を開け、風を入れた。古い家なので、留《る》守《す》にしていると、たちまち黴《かび》くさくなる。

台所で火を熾《おこ》し、長火鉢《ながひばち》に火を入れる。すでに火のほしい季節になっている。茶をわかし、一服、喫《の》む。

肩の傷は多少の違和感がある程度で十分動かせる。医師の佐久間順庵は治りの早さにびっくりしていた。これも、幼少より剣術の修行にはげみ、軀を鍛えあげたたまものであろう。

竜四郎は腕まくらでごろりと横になった。二日前、河内山宗俊と御家人崩れの優男《やさおとこ》、片岡直次郎、それに、諸国物産問屋の森田屋清蔵《もりたやせいぞう》が雁首《がんくび》をそろえて、佐久間順庵の療養所に見舞いにおとずれた。

竜四郎は抜糸をすませた直後で、肩にかるい痛みがあったが、そのくらいはどうということはない。

「竜四郎の旦那、直《なお》の奴が三千歳から耳よりの話を聞いてきてね」

河内山宗俊が男くさい顔に図太い笑みをふくんだ。

「ひょんなことからおまえさんの手に入った錦繡の袱紗包みだが、どうやら、銭屋の惣番頭、越前屋甚兵衛が掏《す》り盗《と》られたものらしいのさ」

「越前屋甚兵衛？」

竜四郎は眉をひそめた。

「甚兵衛は銭屋の惣番頭のかたわら、越前屋という廻船問屋を営んでいるのよ」

河内山宗俊が口もとに凄みのある笑《え》みをにじませた。

「越前屋は日本橋久松町《ひさまつちょう》に本店をかまえ、両国広小路に脇店をもち、深川鎌倉河岸北詰めの波止場に十数棟《むね》の蔵を並べている」

森田屋清蔵がいった。浅黒い貌は眉が濃く、眼つきがするどい、商人《あきんど》にあるまじき面構《つらがま》えだ。それもそのはず、森田屋清蔵は、若い頃、瀬戸内海を荒らしまわった海賊あがりで、両国広小路の先の室町《むろまち》に店をかまえているが、裏にまわっては故買（盗品買い）抜荷（密輸品）の唐物《とうぶつ》、阿片、短銃といった御禁制をあつかっているしたたかな悪党なのである。

「久松町の越前屋といえば、昨今、めきめき羽振りのよくなった廻船問屋だ。本家の銭屋をはじめ、三井、成田屋、菱田《ひしだ》屋、北海屋など、昔から名の通った廻船問屋は数多いが、越前屋は銭屋の奉公人あがりで、銭屋の惣番頭でもある。それでいながら、老舗《しにせ》のあいだに割りこんで、今では江戸城出入りも許されている。噂《うわさ》では、江戸城に巣喰う妖怪、中野《なかの》碩翁《せきおう》にとりいっているらしい」

森田屋清蔵が怪しげな笑みを目尻ににじませた。

「河内山の旦那に耳打ちされて、越前屋の様子をさぐらせてみたのだがね。ずいぶんと狼浪人を雇っていやがる。竜さんを浪人どもに襲わせたのは、越前屋にまちがいなさそうだぜ」

「もうひとつ、錦繡の袱紗についていた定紋だがね」

河内山が意味ありげに薄笑った。

「こいつがなんと加賀百万石前田家の分家で、越前宇奈月郡《うなづきごおり》三万二千石前田家の紋所だったというわけさ。越前屋甚兵衛は宇奈月郡の漁師のせがれなのよ」

「河内山、錦繡の袱紗にはなにやらこみいった事情が隠されているようだが、拙者にはよく呑みこめぬ。河内山のいいようにしてくれ」

竜四郎がいった。

「拙者はただの素寒貧《すかんぴん》の浪人だ。複雑なことに首を突っ込みたくない」

「そうかい。それじゃ、袱紗包みと中に入っていた夜叉の歌留多の片割れは、わしがあずからしていただくよ」

河内山宗俊が茶目っぽく眼を動かした。

「河内山は得意の恐喝《ゆすり》で袱紗包みを金にするつもりだ。拙者には関係ないことさ」

竜四郎は小さな吐息をついた。

「ご免くださいませ」

玄関で声がした。

竜四郎はいぶかしそうに眉をひそめ、六畳間から軀を起こした。

玄関にいくと、縞物《しまもの》の着物に羽織をまとった商人《あきんど》風の中年男が小腰をかがめていた。

「なんだな」

「影月竜四郎さまでございますね。てまえは多慶屋の番頭で治兵衛《じへえ》と申します」

治兵衛が揉手《もみで》しながら愛想笑いを浮かべた。

「先日、てまえどもの主人の娘、由香里をお助けくださいましたそうで、御礼申し上げます」

「助けたわけではない。掏摸を捕えただけだ」

竜四郎はそっけなくいった。家を見張っていた丁稚《でっち》は多慶屋の者だったのだろう。

「由香里お嬢さまは、たいそう感謝しております。駕籠で住まいまでお送りいただいたそうでございますね」

治兵衛はふところから紙包みをとりだして、玄関にそっとおいた。厚さから五両はありそうだ。

「些少《さしょう》ではございますが、お嬢さまのお礼のしるしにございます。どうぞ、お納めくださいませ」

「さようか。かたじけない」

竜四郎は金包みをうけとった。もらういわれはないが、くれるというものをやせ我慢して断るのはもったいない。手許不如意《てもとふにょい》でもあるし、河内山一党にも借りがある。

「あの、影月さま、明日はお暇でございましょうか」

治兵衛が如才《じょさい》なく訊《き》いた。

「別に用はないが」

「それでしたら、上野池《いけ》の畔《はた》の料理茶屋『翠月《すいげつ》』へおいでねがえないでしょうか。主人が一席、設けたいとのことでございます」

『翠月』は有名な料理茶屋である。痩せ浪人ふぜいが敷居をまたげる処《ところ》ではない。

「ならば、うかがおう」

「では、暮《くれ》六つ（午後六時）にお待ち申しあげております」

治兵衛は深々と腰を折ると、そそくさと玄関から去った。

竜四郎は妙な気がした。だが、あまり深く考えなかった。それよりも、おもいがけずふところに転がりこんできた五両のほうがありがたい。

竜四郎は六畳に戻ると金包みを開け、五枚の小判を掌に載せた。金があるのはいいことだ。しみじみと思う。

竜四郎の顔にひとりでに笑みがこぼれた。

5

すでに、東叡山《とうえいざん》の森はすっかり暗くなっている。枯れた葦《あし》の生い繁る不忍《しのばず》の池はにび色に光りながら、しきりにさざ波を立てている。

由香里は『翠月』の奥まった八畳間に座っていた。娘らしい蘇芳《すおう》の地《じ》に花模様《はなもよう》を繡《ぬ》った振袖を着て、髷を流行のくずし島田に結《ゆ》っている。

（竜四郎さま）

由香里は胸でそっとつぶやいた。上野・稲荷町に駕籠で送ってもらったときの心のときめきをいまも忘れることができずにいる。

ひと目惚れというのだろうか。

由香里は切なげな吐息を洩らした。今年十七になった。来年は嫁にいけと父親の清右衛《せいえ》門《もん》からきびしくいわれている。嫁《とつ》ぎ先《さき》は暖簾《のれんわ》分けをした多慶屋の脇店で、相手は三番番頭だった忠助《ちゅうすけ》である。

忠助はたしか三十五になるはずだった。由香里とはずいぶん齢《とし》がはなれている。仕事ひと筋で、多慶屋清右衛門に見込まれ、脇店の暖簾をもらった男だが、由香里には味もそっけもないつまらない奉公人にすぎない。

由香里は四人姉妹の三女である。長女の香緒利《かおり》は取引のある家具屋の次男芳次朗《よしじろう》を婿《むこ》として、すでに息子を儲けている。

二女の美登里《みどり》は両国広小路の跡取《あとと》り息子のところに嫁に行き、楽しい新婚生活を送っている。

（なんで、わたしだけがあののろまの忠助なの。馬鹿にしないでよ）

由香里は嫁ぎ先が気に入らないどころか、不満でしかたがない。とはいえ、親の決めた縁組《えんぐ》みに逆らうことはできない。

由香里は十五のときから稲荷町に家をかりて、わがまま放題に遊び暮らしている。もとより、生娘などではない。掏摸《すり》の伊三次にも五回ばかり抱かれた。由香里にすればただの遊びだったが、伊三次のほうはすっかり舞い上がってしまい、所帯を持とうなどといいだす始末だった。

無理もない。

路地裏の貧乏長屋にすむ鳶職《とびしょく》のこせがれの伊三次にとって、多慶屋のお嬢さんは幼い頃から眩《まぶ》しいばかりの存在で、いうなれば高嶺《たかね》の花だったのである。その高嶺の花があろうことか、肌をゆるしたのだ。有頂天になって当然だろう。

その伊三次も、錦繡《きんしゆう》の袱紗《ふくさ》をあずけてから顔を見せなくなった。どこかに行ってしまったのかもしれない。

由香里は螺鈿《らでん》の卓の上から玻璃碗《はりわん》をとりあげ、蜜湯《みつゆ》をのんだ。とろりとした甘さが口の中にひろがった。

影月竜四郎という浪人は、十七歳の由香里の胸に強烈な印象を刻《きざ》みつけた。竜四郎が掏摸の着物を背中から刀で斬り裂いたときは、思わず鳥肌立ってしまった。

長身で、刻《きざ》みのするどい貌《かお》はかすかに無頼の翳《かげ》りをおびている。ひきしまった軀には野性味をはらんだ精悍《せいかん》の気がむせかえっていた。

由香里は竜四郎を思いだすたびに胸が高鳴ってしまうのだった。

「ご免くださいませ」

仲居がふすまを開けた。

「お客さまがおみえになられました」

とたんに、由香里は心臓の止まるような感覚にとらわれ、顔から火を噴いた。

「お邪魔いたす」

深いひびきのある声とともに、影月竜四郎がずかりと座敷にあらわれた。

「ふむ」

竜四郎の刻《きざ》みのするどい貌に意外そうな表情がよぎった。てっきり多慶屋の主人がいると思ったのである。それが、案に相違して由香里ひとりではないか。

（まあよい。旨《うま》い飯《めし》にありつこうと思って軀をはこんできたのだ）

「あの」

由香里はどぎまぎしながら仲居に声をかけた。

「すぐにお酒と料理をおねがいします」

「かしこまりました」

仲居は一揖《いちゆう》して退《さが》った。

「いつぞやは」

由香里は両手をついてこうべを垂れた。

「挨拶《あいさつ》などよい」

竜四郎は闊達《かったつ》な笑みをふくむと差し料を横に置いて、由香里の前にすわった。

「多慶屋の旦那に招かれたものと思っていたが、そなたがひとり待っているとはな。下町の大店《おおだな》の娘御は粋《いき》なはからいをするものだ」

「しばらく、お住まいをお留守になされていらっしゃいましたが、どちらかにお出かけでございましたか」

由香里が小首をかしげるようにしてきいた。ひたいがひろく、瞳のくりっとした可憐な娘である。ぽってりした唇にほのかな色香が匂っている。

「ちょいとばかり怪我をしてな。それで、しばらく養生していたのだ。なに、鬼の霍乱《かくらん》というやつさ」

竜四郎はざっくばらんな調子でいうと、頸《くび》すじに掌をあてがって照れたように笑った。

ややあって、笑みを止め、表情を心もちひきしめた。

「そなたには、別になにごともなかったかな」

「はい」

「ならばよい」

竜四郎は膝をくずした。由香里が錦繍の袱紗の持主に狙われたのではないかと思ったのだ。河内山宗俊と森田屋清蔵は、その者は越前屋甚兵衛にまちがいないといっていた。

錦繍の袱紗の中に白面《ヘロイン》という純度の高い麻薬が縫《ぬ》いこめてあったことも、河内山宗俊から聞いた。とにかく、由香里に危難がおよばなかったことはなによりだ。

「お料理ができましてございます」

仲居が酒と料理をはこんできた。

さすがに名の通った料理茶屋だけあって、みごとな料理が卓に並んだ。相模《さがみ》湾の鯛と伊《い》豆《ず》の伊勢海老の活造《いきづく》り、車海老と松茸《まつたけ》のてんぷら、大川の鮎《あゆ》の煮びたし、鮑《あわび》の姿《すがた》焼き、雉肉《きじにく》の焙《あぶ》り焼き、鰻の白焼き、鰤《ぶり》の酢押し、五目飯など、どれもこれも美味《うま》そうなものばかりである。

「それでは、遠慮なくいただくとするか」

竜四郎は嬉しそうに相好をくずすと、さっそく箸《はし》をとりあげた。

「おひとついかがですか」

由香里が金蒔絵《きんまきえ》の酒瓶子《さかへいし》をとりあげ、竜四郎のかざした盃《さかずき》に酒を満たした。

「あたしもいただきます」

「さようか」

竜四郎は由香里の盃に酒をついでやった。由香里がぐっとのむ。

「おいしい!!」

目もとをなごませた。

竜四郎は盃を口にはこんだ。旨い酒だ。歯ぐきにしみわたる。一膳めし屋の水っぽい酒とは、酒そのものがちがう。一膳めし屋の酒は、馬が水を呑むほどに飲まなければ、酔いがまわらない。

由香里は瞳をまるくして竜四郎の食事をながめている。小気味よいばかりの食べっぷりであった。料理をかたっぱしからたいらげていく。酒も美味そうに飲む。

竜四郎にすれば、滅多にありつけない料理なのだ。食べられるときに食べておくのが、竜四郎の流儀《りゅうぎ》であった。

由香里はかなり盃を重ねた。酔いが気持を大胆にさせる。

由香里は頬にからんだほつれ毛をかきあげると、さりげなく竜四郎ににじり寄っていった。

「竜四郎さま」

由香里が悪戯《いたずら》っぽく顔をつきだした。

「なんだな」

竜四郎は箸を休めずにいった。

由香里が芸者のようにしどけなく竜四郎に寄り添った。目もとがほんのり赤く、瞳がうるんでいる。

「料理茶屋は、なにをする処《ところ》か知っていらっしゃいますか」

「食事処だろう」

しい。

「もうひとつ」

由香里が腰をのびあがらせて胸の膨《ふく》らみを竜四郎の肩におしつけた。挑発するつもりらしい。

「男と女が秘《ひ》め事《ごと》をする処ですわ」

由香里は竜四郎の肩にしなだれかかった。じつはこの『翠月』を三度ほど逢引《あいびき》に使っているのだ。

「あたし、来年、お嫁にいくんです」

「ならば、火あそびは慎《つつし》むことだ。亭主になる男に申し訳なかろう」

「厭《いや》」

由香里がはげしくかぶりをふった。

「亭主になる男は、うちの三番番頭で、三十五なのに、陰気で、年寄りくさいの。あたし、ふしあわせもいいところだわ」

「それなら、断ることだ」

「親には逆らえません」

由香里は竜四郎の頸《くび》すじに頬をおしつけた。切なげな吐息が竜四郎の耳朶《じだ》に、湯気のように熱くかかった。

「竜四郎さま、あたしを抱いてくださいませ。あたし、生娘じゃありません。何人も男を知っています。伊三次ともわけがありました」

「拙者は、ただの無頼浪人だ。それでもよいのか」

「もちろんです。一生の思い出にします」

いきなり、由香里は肢体をよじるようにして、竜四郎の唇に唇をおしかぶせた。

竜四郎は苦笑した。抱かれたいというなら、抱いてやるしかあるまい。どうせ、破落戸《ごろつき》まがいの痩せ浪人だ。

竜四郎は由香里の肩口に腕をまわし、唇を割って舌を躍らせた。由香里の唇と舌がぎこちないこわばりをみせていたのは、ほんのいっときだけであった。

由香里は血のにおいを嗅ぎつけた蛭《ひる》のように竜四郎の唇をはげしくむさぼった。その粘液質の昂《たかぶ》りに、竜四郎はいささかもてあまし気味であった。

竜四郎の舌が蛇のように口の中を這いまわり、由香里の舌にねっとりとからみつく。細胞を灼《や》きつくすような熱さが竜四郎の舌先からつたわり、火のようなものが喉につぎこまれていく。

（ああ……）

由香里の肢体がはげしくわなないた。口の中にむせかえる濃密な息苦しさが全身に走る異様な感覚となって、由香里の身体中を手足の先まで戦慄《せんりつ》させた。

肌の深部を逆《さか》さまにしごきあげるような鮮烈な感覚は、不快なのか、快美なのか、わからない。ただ血がはげしく沸騰し、気が遠くなった。

竜四郎は由香里を横抱きにして、次の間にはこんだ。案の定、夜具が敷きのべてあった。由香里は、はなから竜四郎に抱かれるつもりだったのだろう。

帯を解き、振袖を脱がせると、娘らしい桜色の長襦袢をまとっていた。紐をほどくと、ういういしい裸身があらわれた。

乳房は杏《あんず》のような形をしている。頂きの淡紅色の乳首は中央がへこんでいた。乳首に娘らしさがあらわれていた。

竜四郎は左の乳房をやわらかく揉みしだきつつ、右の乳首に唇をおしかぶせ、舌でかるくはじいた。

「ううん、ううん、ううん」

由香里はあえぎながらからだを上へせりあげた。乳首から濃密な快感がからだの芯《しん》につぎこまれていく。たまらない快感に、局部が熱く疼《うず》きだした。

竜四郎が由香里の乳首をあやすように咬《か》む。咬《か》まれるたびに、甘美な電流がからだの芯にするどく奔《はし》る。

「気持ちいい……」

由香里が陶然とつぶやいた。

竜四郎は乳首から唇をはなした。両手で乳房をつつみこみ、静かに揉みながら、貌を由香里の股間に寄せた。

敏感な部分に竜四郎の息が吐きかかる。ざわざわした感じ、愉悦がそこから背筋にひろがり、吸い寄せられるようにからだの芯にあつまってくる。

「ひいッ!!」

由香里は思わず悲鳴をあげた。敏感な部分を竜四郎の舌がなぞったのである。血がはげしく沸《わ》き立《た》ち、由香里はじっとしていられなくなった。

由香里は狂乱したように悲鳴をあげ、もだえ、肢体をのたうたせた。

「からだの力を脱《ぬ》き、拙者にすべてまかせよ」

「でも、こんなの、はじめて、あそこが痺れる!!　頭の中に稲妻がはしるの!!」

由香里が金切り声をはりあげた。男はすぐに押し入ってくるものと思いこんでいたのだ。伊三次も、ほかの男もそうだった。

「情交の快感とは、こうしたものだ」

竜四郎はまじめな口調でつげると、由香里のうるみにまみれた局部を指でおしひろげ、可憐な肉の芽《め》を掘り起こした。

「あっ!!」

あまりに鮮烈な快感に、由香里は息が詰まった。

「怖《こわ》い!! どうにかなってしまいそう」

瘧《おこ》りにかかったようにからだ中が痙攣し、腕の金色の産毛《うぶ》がそそけ立つ。

竜四郎の唇が、切れ込みのはじまるあたりの赤い蕾《つぼみ》を捉《とら》えた。あざやかな深紅の陰核は、もだえるように動き、竜四郎の口の中で小さく跳ねた。

「いい、いい、すごい!!」

由香里は肢体をのたうたせながら、初体験の目も眩《くら》むような快感を訴えた。

竜四郎は奇麗な薄桃色の割れ目に浅く指を埋め込んだ。

「あう!!」

由香里はあごをのけぞらせて白目を剝いた。極限に達し、果てたのだ。

(他愛のないものだ)

竜四郎はなんとなく由香里がいじらしくなった。

指を抜いた。

「ああ――」

由香里がもの足りなそうな声を洩らした。

「とっても気持よかったのに、竜四郎さまの意地悪」

「もっと気持よくさせてしんぜる。待っておれ」

由香里の両腿を高くかかげると、したたるばかりに蜜《みつ》をたたえた局部があられもなくさらけだされる。

「厭!!　羞《は》ずかしい」

由香里は両手で顔をおおった。心臓がどきどきしている。もしかしたら、破れてしまうかもしれない。

ざらり!!

竜四郎の舌が割れ目を這った。同時に、局部が焼かれたように熱くなり、子宮の深みからとろけるような甘美な快感がにじみ出てきた。

由香里の腰がびくんと慄《ふる》え、大きくのたうった。

竜四郎は由香里の股間に軀を割りこませると、おのれの怒張を熟しきらない局部におしつけた。微妙な律動とともに怒張が没入し、ほどなく深奥に達した。

由香里は快か不快かもわからない。魂がどこかにもっていかれ、頭の中が炎で真っ赤になった。

「うっうう」

由香里は苦悶したようにうめき、失神した。

竜四郎は苦そうに笑いながら、放出せずに怒張を抜いた。

6

毒島左膳は大川《おおかわ》上流の言問橋《ことといばし》のたもとの川縁《かわべり》で釣り糸を垂れていた。黒羽二重の着物に煮しめたような木綿《もめん》の袴《はかま》をはき、色褪《いろあ》せた鼠色《ねずみいろ》の帯を締めている。着物の襟のあたりには垢《あか》が黒光りしている。見るからに尾羽《おは》打《う》ち枯《か》らした乞食浪人の姿であった。

ふところには、まだ小判が五枚のこっている。十日ばかり前、本所吉田町の土手で博奕打を斬り、二十数両の金をふところにした。だが、金というものは、あればあるで、すぐに鳥のように羽がはえて飛んでいってしまう。悪銭身につかずとはよくいったものである。

背後にひろがる芒《すすき》の藪《やぶ》がざわめいた。

「毒島左膳、覚悟せよ!!」

よれよれの着流しをまとった浪人が二人、芒の藪から白刃をかざして躍りだした。

毒島左膳は衝動的に川縁の小ぶりな石の上から腰をうかした。同時に、利刀の鯉口を切っている。

「きええい!!」

浪人が猛然と左膳の背中に斬りかかってきた。左膳は振り向きざま、利刀を鞘走らせた。利刀が蛇のようにひらめき奔り、浪人の脇腹を斬り裂いた。

「ぎゃあ!!」

浪人は絶叫を発し、血煙をあげてどうと大川畔《ばた》に倒れ伏せた。

もう一人の浪人は左膳の凄まじい斬撃《ざんげき》におじけづき、思わず腰をひいてしまった。

「その方」

毒島左膳は血刀をそやつに突き立てて、皮肉っぽく薄笑った。頬のげっそり削《そ》げた痩貌《そうぼう》が幽鬼《ゆうき》のように陰惨《いんさん》だった。

「長瀞藩の目付からおれの殺しをいくらで請負《うけお》ったのだ」

浪人の垢まみれの貌《かお》が蒼白《そうはく》にひきつった。腕に格段の差があるのだ。

「二両か。それとも、三両か」

毒島左膳は浪人をえぐるように睨むと、ひと呼吸おき、矢のような突きをくれた。

電撃のような突きが、浪人の喉をぐさりと刺し貫いた。浪人の面貌に断末魔《だんまつま》の形相がはりついた。

毒島左膳はにやりと笑うと浪人の太腿に右足をかけ、利刀を一気に引き抜いた。浪人は鮮血を喉からほとばしらせながら前のめりに倒れ込んだ。

「米津家の殿さまも、執念深いの」

毒島左膳は血濡れた枯草の上に突っ伏している浪人の着物で刀刃の血を拭《ぬぐ》い、利刀を鞘に収めた。それから返り討ちにした二人の浪人の懐中《かいちゅう》をさぐり、財布をひっぱりだした。財布にはそれぞれ一両ずつ入っていた。

「ふりかかる火の粉は、払わねばならぬ。地獄へ堕《お》ちる奴には、金は無用というものだ」

毒島左膳は陰湿な笑みを唇許《くちもと》にのぼらせると、二両をふところにねじこみ、二つの財布を大川に投げ捨て、釣り道具をそのままにして、言問橋のたもとから立ち去った。

これで、五度、毒島左膳は浪人どもに襲われた。浪人どもを雇《やと》ったのは、長瀞藩の目付笹尾軍兵衛《ささおぐんべえ》であるはずだ。

笹尾軍兵衛は、長瀞藩の藩主米津小太夫政矩《よねづこだゆうまさのり》から脱藩《だっぱん》した毒島左膳を上意討ちにせよと命じられているにちがいない。

米津小太夫政矩は孌童《れんどう》の村瀬参之助を家来の毒島左膳に斬られ、逆上したのだ。

「なんとしても、毒島左膳の首を余の眼前に据《す》えよ」

米津政矩は目付の笹尾軍兵衛に火を噴《ふ》くような剣幕《けんまく》で申しつけたのだろう。

米津家は、世に赫々《かくかく》たる名声などあろうはずがない。とはいえ、初代は、徳川家康《とくがわいえやす》や秀《ひで》忠《ただ》馬前に立って槍を握り、幾多の合戦で奮闘し、縁《えん》の下《した》の力を尽《つく》したに相違ない。その結果が、一万一千石の小大名とはいえ、今日まで、長瀞藩として残っているのである。

藩主の米津政矩は孌童《れんどう》を側《そば》にはべらす性癖を見てもわかるとおり、たぶんに性格破産者的な傾向がある。しかも、異様なほど執念深く怨《うら》みは終生《しゅうせい》忘れない。

「厄介な殿さまを敵にまわしたものよ」

毒島左膳は不快げに頰をなでた。足がひとりでに今戸《いまど》橋から吉原に向く。目の前に、待《まつ》乳《ち》山聖天の森がくろっぽくおおいかぶさってくる。

「吉原か」

左膳は脂っぽい眼をしてつぶやいた。人を斬ったあとは、無性に女を抱きたくなる。殺《さつ》戮《りく》の昂奮が精神に息づいているからだろうか。

だが、左膳はこれまで、吉原という日本最大、最高の歓楽街に足を踏み入れたことがなかった。金が潤沢《じゅんたく》にあっても、なんとなく気後れしてしまうのだ。

それで、吉原を横目で睨みながら、根津権現や浅草寺門前の茶店の茶汲女《ちゃくみおんな》で事をすませてしまう。

（いちど、吉原の大門をくぐってみたいものだ）

左膳はかねがねそう思っている。

江戸は当時から世界最大の売春都市であった。岡場所、茶汲女、出合茶屋、矢場、夜鷹、舟宿、宿場女郎、春をひさぐ女はいくらでもいるし、女を世話する場所も事欠かない。

この文政後期、江戸市街や近郊の四宿で、からだを売っている女は三十万人から五十万人もいたという。

だが、そうした中で、吉原だけは別格であり、ずばぬけた歓楽街であった。

吉原通りの嫖客《ひょうかく》は髪床《かみどこ》に寄って髷《まげ》を結《ゆ》い、ひげをあたり、凝《こ》りに凝《こ》った衣装をまとって吉原にくりだすのである。よれよれの黒羽二重の着物にぼろ袴《ばかま》の毒島左膳がおじけづくのは当然といえるだろう。

いつしか、毒島左膳は三曲坂《みまがりざか》を下り、あたりを睥睨《へいげい》するようにそびえたつ黒塗《くろぬ》りの門に向かって歩をすすめていた。

五十間道《けんみち》にずらりと並んだ編笠茶屋で油を売っていた、流行《はやり》の羽織《はおり》着流《きなが》しで、素足に雪駄《せった》を突っかけた二本差しが、大門をうかがっている毒島左膳をみとめてにやりと笑い、すたすたと歩み寄ってきた。

「貴公、吉原は初見参でござろう」

ききさくな笑顔で、毒島左膳に声をかけた。左膳は疑わしげに御家人風の優男《やさおとこ》をみやった。

「それがしは怪しい者ではござらぬ。ごらんの通りの吉原の事情通でござるよ。名は鶴川《つるかわ》柳次郎《りゅうじろう》、れっきとした直参《じきさん》、御家人でござる」

「鶴川どのと申されるか」

「いかにも」

鶴川柳次郎は毒島左膳の袖を引き、耳もとに顔を寄せた。

「貴公、名は？」

「羽州浪人、毒島左膳と申す」

「毒島氏《うじ》。まずは、こちらに参られよ」

鶴川柳次郎は毒島左膳を編笠茶屋に連れこんだ。

「そのように人を斬り殺してきたような面体《めんてい》で吉原の大門をくぐるものではござらぬ。この茶屋で編笠を借り、顔を隠されるがよかろう。それが、吉原通いの礼儀と申すものにござる」

鶴川柳次郎は親切そうなおももちで毒島左膳に指南した。

「身装《みなり》はいささかいただけないが、それがしの馴染《なじ》みの楼閣であれば、上げてくれ申そう。されど、そのように泥足《どろあし》ではいかぬ」

鶴川柳次郎は編笠茶屋の小女を呼び、毒島左膳の足をすすがせた。

「吉原の傾城屋、つまり、楼閣には最高級から、上級、中級、下級とさまざまに分かれております。角海老楼《かどえびろう》、稲本楼、三浦屋、彦太楼、大文字屋の大見世は別格といたし、その次となると、夕月楼、歌川屋、大口屋、浪花屋《なにわや》、石亭《せきてい》あたりでござろうか」

鶴川柳次郎がふところからぶあつい吉原細見をとりだした。遊女の名簿と案内書をかねた書物で、有名花魁《おいらん》の似顔絵も載《の》っている。

「ところで、毒島氏、貴公の予算はいかほどでござるかな」

「七両ほどあるが」

「七両ですな」

鶴川柳次郎は心得たというようにうなずくと、吉原細見をめくった。

「この大口屋はいかがでござろう。格こそ五大楼より下なれど、花魁の質、縹緻《きりよう》は、百両積みあげても拝顔できぬ五大楼の太夫《たゆう》と遜色《そんしよく》ござりませぬぞ」

鶴川柳次郎が語気をつよめた。

「大口屋の番付《ばんつけ》で大関を張る三千歳太夫（松の位《くらい》の太夫ではない。単なる称号）は、初見の客の寝間にははべらぬ。されど、この鶴川の口利きとあらば、首を横に振ることはござらぬ」

「ふむ」

毒島左膳は三千歳の極彩色《ごくさいしき》の似顔絵を舐《な》めるようにながめた。矢場娘や岡場所の女郎とは、明らかに女の質がちがう。大川の水で磨かれた肌が絵から匂ってくるようであった。しかも、眸子《ひとみ》は冴《さ》えて、吉原の花魁の意気を示している。

毒島左膳はごくりと生唾《なまつば》を呑みこんだ。

「鶴川どの、この三千歳花魁の値《あたい》は、いかほどでござろうか」

「三千歳の揚《あ》げ代は七両だが、それがしが口を利《き》けば、五両に負かろう」

鶴川柳次郎は自信たっぷりに微笑した。

「それから、登楼するとき、番頭新造に一両渡されよ。見世の者への心付けでござる」

鶴川柳次郎は声をひそめた。

「毒島氏、吉原という江戸の最高級の歓楽街では、出しおしみは禁物《きんもつ》でござる。三千歳に従うお末社《まつしゃ》（従者）には、仕出し弁当をとってやりなさい。番頭新造一人、振袖新造二人、禿《かむろ》二人の計五人でござれば、仕出し弁当も一両ほどですみましょうぞ」

毒島左膳は鶴川柳次郎のうしろから吉原大門をくぐった。三味線の音がにぎやかである。『みせすががき』だ。

毒島左膳は着ているものがあまりにみすぼらしいので、なんともきまりが悪かった。もとより、編笠をかぶっている。

吉原の中は、日本堤《づつみ》の土手の暗さにくらべて、眩《まぶ》しいばかりの明るさである。毒島左膳は、夜のこれほどの華やぎに生まれて初めて接し、しばし、呆然とした。

仲の町通りを嫖客が川のように流れていく。どの者も綺羅《きら》な身装《みなり》である。垢まみれの着物をまとった無精ひげだらけの浪人など、どこを捜してもいなかった。

なんと雅《みや》びであることか。夜風までが匂うようであった。吉原五丁の両側には遊廓《ゆうかく》の細い朱格子がつづき、きらびやかな衣装の花魁《おいらん》が、客たちと格子ごしになにごとかささやき合っている。天秤《てんびん》棒をかついだ金魚屋が腰をひょこひょこ振りながら、毒島左膳の脇をすりぬけていく。

侍はほとんど編笠で顔をかくし、町人の中には手拭《てぬぐ》いで頬かむりしている客もいる。医者、医者に化けた坊主、絵師、総髪を肩のあたりまでたらし、錦繍《きんしゅう》の道服《どうふく》に縞《しま》の袴《はかま》をつけた陰陽師《おんみょうじ》、さまざまな人々がゆったりと往来している。せかせか歩いている者など一人としていなかった。

鶴川柳次郎は江戸町二丁目の角の大口屋へすたすたと歩み寄っていった。朱格子にむらがっている黒山の人だかりをかき分けて前にすすむ。

「毒島氏、右の金屏風の脇に傾城《けいせい》ずわりしている横兵庫髷の花魁が、大口屋の看板太夫三千歳でござる。いかがかな」

「おう」

毒島左膳は思わず朱格子を両手でつかんで、張見世《はりみせ》の座敷をのぞきこんだ。

ほそおもての顔は彫《ほ》りが深く、鼻筋が高くまっすぐにとおっている。細い三日月眉の下の深い睫毛《まつげ》はかすかに憂《うれ》いを宿して、男心をそそってやまない。紅い唇はぽってりと官能的で、うなじは透きとおるほど白かった。

（まるで、天女だ）

毒島左膳は、軀の芯が灼《や》けるように熱くなるのをおぼえた。まさに、息をのむばかりの美しさであった。

「よろしいですな」

鶴川柳次郎は毒島左膳に念をおすと、微妙な眼つきでささやきかけた。

「それでは、五両お出しねがいたい。それがし、番頭新造と交渉いたしてまいろう」

「おう、お願いいたす」

毒島左膳は財布から五両とりだして、鶴川柳次郎に手渡した。

「たしかに、あずかりましたぞ」

鶴川柳次郎は五両をふところに入れ、大口屋の玄関脇で小腰をかがめている番頭新造へ風のように近づいていった。

二言、三言、耳打ちする。

番頭新造がもっともらしくうなずいた。この番頭新造という年増女は、年季《ねんき》が明けても身の寄せどころのない遊女が、楼主と再契約した花魁の世話係のことである。ちなみに振《ふり》袖《そで》新造とは花魁になる前の駆け出し遊女で、打ち掛けをまとわず、縮緬染模様《ちりめんそめもよう》の着物で花形花魁に付き従っている。

「毒島氏、話はつきましたぞ。ささっ、堂々と登楼なされ」

鶴川柳次郎は毒島左膳の背中を押すようにして、大口屋と染めぬいた暖簾《のれん》をくぐって大口屋の玄関に入れた。毒島左膳は気後れしているのか、なんとも軀がぎこちない。

番頭新造がこぼれんばかりの笑顔で毒島左膳に寄り添う。

毒島左膳は鶴川柳次郎にいわれたとおり、一両を番頭新造に手渡すと、差《さ》し料《りょう》を男衆にあずけた。

「これは、お殿さま、ご祝儀《しゅうぎ》、ありがとう存じます」

番頭新造が一両をおしいただき、毒島左膳を二階の三千歳の部屋に案内する。

三千歳の部屋に入った毒島左膳は度肝《どぎも》を抜《ぬ》かれた。

十二畳の部屋は、鏡台、螺鈿《らでん》、衣桁《いこう》、櫛箱、簞笥《たんす》、大板絵の屛風《びょうぶ》など調度は、いずれも大名道具のような豪華さであった。

（わが長瀞藩の姫君の部屋でも、これほどではあるまい）

毒島左膳は舌を巻く思いであった。

しばらく待っていると、三千歳がおかっぱの禿《かむろ》に手をひかれ、お末社衆（従者）を従えて部屋に入ってきた。

花魁は客の正面にすわらず、客には横顔をみせる。傾城ずわりという。女性は、ななめからの顔のほうが美しいからだそうだ。

毒島左膳は番頭新造に一両わたし、仕出し弁当をたのんだ。

番頭新造は煙管《きせる》に莨《たばこ》を詰めて差し出したり、盃に酒をついだり、毒島左膳のために、こまごまと世話をする。

三千歳はいささかも容《かたち》をくずさず、瞬《まばた》きひとつしない。あたかも、絢爛《けんらん》たる衣装で着飾った高貴な人形のようであった。

（この女が、閨房でいかなる狂態を示すか）

毒島左膳は盃を口にしながら、頭の中で卑猥《ひわい》な妄想をめぐらせた。想像するだけで股間が熱く疼《うず》きだす。

白檀《びゃくだん》でほられた吉祥天女のようなこの女が秘処をさらけだし、よがり声をあげるさまはどれほど官能的であろうか。

毒島左膳の垢まみれの顔に野卑《やひ》な笑みがにじんだ。

仕出し弁当がとどけられた。

二段重ねの漆塗《うるしぬ》りの重箱には、刺身、天ぷら、さわらの西京焼き、季節の野菜の煮もの、鮑《あわび》のふくめ煮など美味そうな料理がぎっしり詰め込まれている。

毒島左膳は、このような贅沢な弁当を口にしたことがなかった。

番頭新造、振袖新造、禿《かむろ》などお末社衆が楽しげに弁当を食べはじめた。

ややあって、三千歳は番頭新造に目くばせすると、すっと座を立ち、廊下に消えた。

(厠にでもいったのだろう)

毒島左膳は深く考えもしなかった。

やがて、お末社衆は仕出し弁当を食べおわり、「ごちそうになりました」と、おじぎをしてつぎつぎに去り、部屋には毒島左膳だけがのこされた。

どれだけたっても、三千歳は部屋にもどってこない。

（いかなることか!!）

毒島左膳はしびれをきらして、廊下に出た。三千歳のお末社衆は影さえなかった。うろうろしていると、別の番頭新造が通りかかった。

「これ!!」

毒島左膳は番頭新造を呼びとめた。その番頭新造は毒島左膳をみるなり、目もとに不快げな険《けん》をつくった。不潔なものを見る眼であった。

毒島左膳はむっとしたが、おのれを抑《おさ》えるすべは知っていた。

「おれは、三千歳の客だが、三千歳はいまだもどってこぬ。どうしたのか」

「ご浪人さん、その身装《なり》でよく登楼《あが》ってこられたものだね、たいした度胸だよ」

番頭新造は意地悪げなおももちで、これ見よがしに鼻をつまんでみせた。

「臭い、臭い、くさいったらありゃしないよ。あんたがどれほどお宝を積んだか知らないけどね。三千歳花魁がその埃《ほこり》だらけ、垢《あか》だらけの身装をよくお部屋へお通しなさったものよ」

「な、なんだと!!」

毒島左膳は血相を変えて腰のものに手をやった。だが、差し料は大口屋の玄関で男衆にあずけてしまった。

「それに、あんたは初会《しょかい》だろうさ、初会で大口屋の看板花魁が肌をゆるすとお思いかい。馬鹿も休み休みいいなってんだ。この唐変木《とうへんぼく》」

まだ三十歳をすこし過ぎたばかりの番頭新造は、無精ひげの生えたむさくるしい貌《かお》を血を噴くほどに紅潮《こうちょう》させた毒島左膳に小気味よいまでの啖呵《たんか》を浴びせかけた。

「いいかい、耳の穴をかっぽじいてよく聞きな。吉原の花魁は深川や両国あたりの岡場所の皮膚のがさがさした売女《ばいた》とわけがちがうんだ。客が気に入らなければ、二百両、三百両とお宝を積まれても、なしのつぶてで袖にしちまうのさ。それが、吉原の花魁の心意気ってもんだ。わかるかい。わからないだろうね、風呂にも入らない乞食浪人にはさ」

「いわせておけば!!」

毒島左膳は奥歯をぎりっと嚙《か》み鳴らすと、番頭新造につかみかかろうとした。そのとたん、毒島左膳は熊のような毛むくじゃらの大男にぐいと襟くびをつかまれた。

その大男は番頭新造が客と言い争いをしていると聞いて、様子をみていたのだった。

大口屋の法被《はっぴ》をひっかけた大男は相撲《すもう》取り上がりの首代《くびだい》である。首代とは、ふだん用もなく廓内をぶらぶらしているが、ひとたび揉《も》め事《ごと》が起こると風のように現場に駈けつけ、紛争を解決する戦闘員たちのことをいう。

そして、一切の罪を背負い、町奉行所に自首する。打首になっても眉一本動かすことはない。そうした怖るべき首代たちを、吉原のどの楼閣も五、六人おいているのである。

毒島左膳は大男の首代に大口屋の玄関から外へ叩き出された。ぶざまに倒れ伏した毒島左膳の背中へ鞘の塗りのところどころ剝《は》げた差し料が放り投げられた。

「おととといきやがれ、乞食浪人」

男衆が手をはたきながら罵声《ばせい》を浴びせた。

毒島左膳は野次馬《やじうま》どもが好奇な眼で見守る中を、差し料を両腕でかかえ、はだしで大門めがけて一散に駈けた。双眸を屈辱の涙が熱湯のようにあふれでている。

（おのれ、鶴川柳次郎、こんど遭うたときは、叩き斬ってくれる）

毒島左膳は吉原大門を駈けぬけながら、胸で血のうめきを洩らした。

その頃。

片岡直次郎は大口屋の別棟で三千歳としっぽり濡れていた。鶴川柳次郎が片岡直次郎であることはいうまでもない。

「直侍《なおざむらい》、おまえさんもずいぶんなワルだこと。あんな浪人を鴨《かも》にするなんてさ。死んで、極楽に行けないよ」

「極楽なんぞに行きたくねえさ。糞《クソ》おもしろくもねえ。地獄のほうが面白いに決まってらあな」

直次郎は上機嫌でうそぶくと、三千歳の薄紅色《うすべにいろ》の乳首に歯をあてた。乳首を唇で捉《とら》え、舌をまとわりつかせて、強く吸い、そこを甘咬《あまが》みする。

「ああー」

三千歳は甘いうめきを洩らしながら妖《あや》しく肢体をうねらせた。乳首に濃密な快感が湧き起こってきたのだ。直次郎に乳首を咬《か》まれるたびに、えもいわれぬ甘美な電流がからだの芯へ奔《はし》ってゆく。

直次郎は片手の乳首を指で揉みあげながら、一方の乳首をいくらか強く咬《か》んだ。

一瞬の痛みのまじる鮮烈な刺戟だった。

三千歳はからだの芯に固くするどいものを打ちこまれたような感覚にとらわれ、思わずはげしい声をはなった。

直次郎の手が三千歳の腰のくびれを刷《は》くようになぞり、内腿に指でさぐりを入れた。指は女陰の近くをうごめいている。三千歳の意識は直次郎の指の動きに集中した。局部の割れ目が切なげにあえぐ。もどかしいような疼《うず》きを強めているのだ。これも、直次郎の閨技なのだろうか。

ほどなく、直次郎の掌が三千歳の性器にこすりつけられた。

「あれ‼」

三千歳はするどい声を短く洩《も》らした。びくんと腰が跳ねた。

直次郎は股間に顔を寄せながら、逆向きに三千歳の側面へ軀を沿わせた。自然な恰好で、直次郎の股間が三千歳の顔にせまった。直次郎の巨根は硬く灼熱し、たくましく怒張していた。

直次郎は三千歳の局部の熱くうるんだ割れ目を指で柔らかくなぞった。切れ込みの上端にひそんでいる敏感な肉の芽《め》の弾力をたたえた感触が指につたわるたびに、三千歳の腰のくびれにかすかに痙攣《けいれん》が走った。

三千歳はある衝動にかられて、顔の近くに突き出ている怒張した直次郎の陰茎をつかんだ。陰茎を愛撫するわけではなかった。ただひたすらにぎりしめ、声を洩らすたびに、いっそう強く握りしめるのだ。

直次郎は新鮮な桃のような三千歳の局部の陰唇を指でおしひろげた。あからさまな姿になった三千歳の局部を、絹行燈《あんどん》の明かりがほの暗く照らした。それは、切なく息づいているように見え、黒と赤の肌の色の対照《コントラスト》が際立っていた。

「美しい」

直次郎は感きわまったようなつぶやきを洩らした。

「まるで、天女のそれのようだ」

お世辞《せじ》ではなかった。実際、三千歳の磨《みが》きあげた象牙《ぞうげ》のような局部は、切れ込みが桜貝のような色を映して、高貴な神秘性をたたえているのだった。その局部の深みから、なまなましいいのちの霧気《いおり》がただよい出てくる。

「舐めて!!」

三千歳は直次郎の陰茎を強く掌に握り込みながら、斬りつけるように叫び、せがむように腰をゆすりあげた。

(情夫《いろ》の涙ぐましいところよ)

直次郎はほろにがそうに笑うと、三千歳の局部に美男の顔をおしつけ、熱くうるんだ切れ込みをねっとりと舐めあげた。

鴨にした毒島左膳の臓腑《ぞうふ》のよじれるような屈辱感など、片岡直次郎は知るよしもない。この御家人くずれの二枚目は、三千歳を歓ばせることにすべての精力をそそぎこんでいるのだった。

第三章　それぞれの思惑《おもわく》

1

下目黒《しもめぐろ》の長瀞藩・米津家の下屋敷である。

髪を童形《どうぎょう》に垂《た》らした清水歌之丞《しみずうたのじょう》は、腰元筆頭の芳野《よしの》に、人気《ひとけ》のない唐獅子の間につれていかれた。

芳野はおごそかなおももちで、歌之丞の袴を解かせた。この小姓は十二歳になったばかりだ。藩主米津政矩の小姓を拝命して五日が経った。

芳野はこぶしほどの壺のふたをあけて、歌之丞の鼻面に差し出した。

「嗅《か》いでみなされ」

歌之丞はなにやら怪しい気がして、手にとらず、顔だけを小壺に近づけた。鼻の奥の粘膜を、揮発性の高い芳香《ほうこう》が刺した。

「丁子《ちょうじ》の実から採った油でございましてよ。歌之丞どのにお付け参らすのが、わたくしの役目にございまする」

「どこに付けるのでしょう」

歌之丞の愛くるしい瞳が不安そうに瞬《またた》いた。絵から抜けでてきたような清らかな美少年であった。

「おからだの菊の座にお付け申します。このような筆にて」

芳野は真新しい朱塗りの柄《え》の筆を歌之丞にみせた。歌之丞は当惑するばかりだった。

「腹這いにおなりあそばせ。腰を高くおかかげになられませ」

芳野は強い調子でいった。

歌之丞はいわれた通りの恰好をとった。芳野は歌之丞の下帯を外し、湯で歌之丞の脂肪の多い部分をたんねんに洗いはじめた。

歌之丞はふしぎな感覚に捉《とら》われた。やがて、芳野は歌之丞の尻を乾いた布でぬぐい、つぎに小壺をとりだした。筆を小壺にひたし、部屋中に芳香をただよわせつつ、左の手で歌之丞の尻のまるみを、そとがわにひろげた。

「なにをいたす」

歌之丞は狼狽《ろうばい》した。

「叱《しっ》!!」

芳野は眉間に皺を刻みつけてたしなめ、歌之丞の肛門に丁子油《ちょうじあぶら》を塗りはじめた。奇妙な快感がわきおこり、歌之丞はにわかに気恥ずかしくなって、声を押し殺した。

ほどなく、筆の作業がおわり、芳野は筆をおさめると、歌之丞に白練《しろねり》の寝間小袖を着せた。

「殿の寝所に参られませ。よろしいな。殿がなにをなされようと、けっして声をあげてはなりませぬぞ」

芳野はきびしい調子で申し渡すと、歌之丞の手を引いて米津政矩の閨房へいざなっていった。

四半刻後、米津政矩の夜具の中で、歌之丞は四つん這いの恰好をとらされていた。

肛門に引き裂かれるような激痛が襲った。

歌之丞はそのすさまじい激痛に堪えねばならなかった。敷布団のはしを噛み、必死に泣き声をたてまいとした。

終わって、歌之丞は水流に巻き込まれるように意識をうしなった。

「殿」

廊下から障子戸ごしに低い声がかかった。

「軍兵衛か」

米津政矩は失神している清水歌之丞の尻をいとおしそうに撫でながらいった。

「ははっ」

笹尾軍兵衛がおもてをあげた。

「毒島左膳をようやく見つけだしましてございまする」

「見つけたなら、早う討て!!」

米津政矩のかんだかい声が鞭《むち》打つようにしなった。

「これまで、何度、討ち損じたと思うておるか。この役立たずめが!!」

腺病質《せんびょうしつ》そうな声が怒りにふるえた。

「申し訳ございません。されど、今度ばかりはかならず討ち果たしてくれまする」

笹尾軍兵衛が覚悟をこめていった。

「殿、いましばらくのご猶予《ゆうよ》をくださりまするように」

「きっとだぞ、軍兵衛」

米津政矩が語気をわななかせた。

「毒島左膳の首を余のもとに届けよ。軍兵衛、その方の命に替《か》えてもだ!!」

「ははっ」

笹尾軍兵衛は廊下に額《ひたい》をすりつけると、顔に脂汗《あぶらあせ》をしたたらせながら米津政矩の寝所からそそくさと退《しりぞ》いた。

別室で、腹心の武藤平三郎《むとうへいざぶろう》が待っていた。

「いかがでございました」

武藤平三郎が身を乗りだすようにして訊いた。

「あいかわらず、御機嫌ななめじゃ」

笹尾軍兵衛はけわしいおもつきで火鉢《ひばち》に手をかざした。

「毒島左膳を上意討ちしたいのはやまやまじゃが、わが長瀞藩の藩士を左膳に斬らせるわけにはいかぬ」

笹尾軍兵衛が奥歯をかみしめた。

「藩士が脱藩浪人に返り討ちにあったことが公《おおやけ》になれば、わが藩になにかと不都合が生じる。それゆえ、浪人どもを雇い、毒島左膳を襲わせているのだ」

一万一千石の米津家のような三河武士の特色をそなえた譜代《ふだい》の小大名ほど、家名を尊《そん》重《ちょう》し、すこしでも世間に恥になることは、ひたかくしにする。

まして、幕府の大名取り潰《つぶ》し政策は苛烈《かれつ》をきわめ、譜代、外様《とざま》のいかんにかかわらず、些細《ささい》な落度《おちど》をみつけては、容赦《ようしゃ》なく取り潰す。

目付の笹尾軍兵衛とすれば、公儀の眼にふれることなく、毒島左膳を闇から闇に葬《ほうむ》らなければならないのである。それには、腕の立つ浪人たちを雇い、刺客《しかく》として毒島左膳にさしむけるという方法が一番なのだ。

浪人同士の斬り合いは、私闘とみなされ、奉行所は動かない。奉行所にすれば、危険きわまりない不逞浪人など、治安維持のためにも死んでくれたほうがありがたいのだ。

「平三郎、浪人どもをあつめよ」

笹尾軍兵衛はふところから小判十枚をとりだすと、武藤平三郎の前においた。

「いかに腕の立つ毒島左膳といえども、六、七人で襲えば、討ち果たせるであろう」

笹尾軍兵衛はきびしい表情でいった。

「その方も知ってのとおり、米津家は一万石余りの貧乏藩じゃ。浪人どもを雇う金もかぎられておる」

「心得ておりまする」

武藤平三郎がつよい調子でうなずいた。

「この十両で、できるだけ多くの浪人をそろえ、次の機会にはかならずや毒島左膳を討ち果たし、首を持参いたしまする」

「期待しておるぞ」

笹尾軍兵衛はかたわらの瓢《ふくべ》をひき寄せると、口にあてがい、中の酒をぐびぐびと喉に流しこんだ。酒でも飲まなければやりきれぬのであろう。藩主から扶持をいただいている家来とは、辛《つら》いものである。

2

錦繍の頭巾をかぶり、綺羅《きら》な身装《みなり》をした武士が吉原の仲の町通りをせかせかと歩いている。頭巾からのぞく双眸《そうぼう》は蛇のように陰惨《いんさん》であった。

鳥居甲斐守耀蔵《とりいかいのかみようぞう》である。将軍家顧問中野碩翁の強力な推挙《すいきょ》で、若年寄林肥後守《ひごのかみ》の補佐役《ほさやく》に抜擢《ばってき》された男で、頭は剃刀《かみそり》のようにするどい。

中野碩翁は将軍家斉愛妾《あいしょう》お美代《みよ》の方の養父で、幕閣に隠然《いんぜん》たる勢力を築いている。老中筆頭水野出羽守でさえ一目置くほどの存在である。

ちなみに世間は、将軍夫人茂姫《しげひめ》の父島津重豪《しまづしげひで》、家斉の父一橋治済、それにこの中野碩翁を三翁《さんおう》と呼び、江戸城に巣喰う三奸物《かんぶつ》と陰口をたたいている。当然ながらこの三人は強烈なライバル関係にあり、おたがいに敵愾心《てきがいしん》をむきだしにしている。江戸城で会っても、三人はそれぞれが無視し、口もきかない。険悪な間柄といっていい。

鳥居耀蔵は中野碩翁にとりいっている。出世欲のかたまりで、町奉行から大名、寺社奉行を経て、大目付、老中へ累進しようとしている。

鳥居耀蔵の頭の中には俗世の栄達しかないのである。その意味では典型的な高級官僚なのだ。

だが、累進するには金が要る。中野碩翁が目にかけているのは、鳥居耀蔵が金のなる木を高輪《たかなわ》の私邸にはこんでくるからにほかならないのだ。

角町通り《すみちょうどお》の角に絢爛《けんらん》たる大楼《おおみせ》がある。吉原五大楼のひとつ、角海老楼である。

角海老楼に登楼《とうろう》する客といえば、幕閣、高級官僚、諸藩の藩主や江戸留守居役、旗本大身、江戸財界の巨頭、政商といった連中で、一般庶民が廓内をのぞくことも許されない。

鳥居耀蔵は角海老楼の暖簾《のれん》をくぐった。しきたり通り、差し料を男衆に渡す。

「お連れさまがお待ち申し上げております」

番頭新造は鳥居耀蔵にそっと耳打ちすると、磨きあげられた幅の広い檜《ひのき》の廊下をいざなっていく。

角海老楼は奥が深く、廊下は迷路のように入り組んでいる。番頭新造は右に曲がり、左に折れ、階段を上がり下がりして、奥まった一室に鳥居耀蔵をいざなった。

重厚な紫檀の扉《とびら》がある。

番頭新造は紫檀の扉を押し開けると、深々と腰を折り、無言で去っていった。

絶対に人に知られない密談所である。

三浦屋、稲本楼、大文字屋、角海老楼、彦太楼の五大楼の中には、こうした密談所が設けられている。だが、密談所の存在を知る者は稀《まれ》であった。

およそ三十畳ほどの唐式《とうしき》の部屋には、香《こう》の薫《かお》りがほのかにただよっている。

床には磚《せん》（日干《ひぼ》し煉瓦《れんが》）が敷き詰めてある。

右に翡翠《ひすい》の唐屏風《からびょうぶ》、左側の壁には唐《とう》の極彩色の絵が掛《か》けてある。

中央に、黒檀のどっしりした卓子が据《す》えてあり、黒檀の唐椅子が五脚まわりをかこんでいる。

卓子の上には葡萄酒《ぶどうしゅ》とギヤマンの杯がおかれていた。

「これはこれは、鳥居さま。お忙しい折り、お軀をおはこびくださり、恭悦至極《きょうえつしごく》にござりまする」

唐椅子に腰掛けていた越前屋甚兵衛と羽織袴の初老の武士が立ちあがり、鳥居耀蔵に深々とこうべを垂れた。

羽織袴の武士は、越前宇奈月郡三万二千石前田家の江戸留守居役、市田六郎左衛門《いちだろくろうざえもん》である。江戸留守居役とは、越前前田家の江戸駐在外交官で、あらゆる面における水面下外交をおしすすめる役割を担《にな》っている。すなわち、江戸家老とともに藩の機密を握っている重要人物なのである。

「昨日、中野碩翁さまの高輪のお屋敷にひと箱おとどけさせていただきました」

越前屋甚兵衛は如才のない物腰で、紫の布につつんだ菓子折りを鳥居耀蔵の前に差し出した。

「五百でございまする。どうか、お納めくださいませ」

「うむ」

鳥居耀蔵は尊大なおももちで、菓子折りの包みを手許にひき寄せた。栄達の野心に燃える耀蔵には、金がいくらでも要る。あつめる金のすべてが、バレてはならない闇のカネなのである。

若年寄補佐役の鳥居耀蔵は、越前前田家が越前屋甚兵衛と組んで、葡萄酒、唐絹、高麗人参、宝石、阿片《あへん》といった御禁制品の抜荷（密輸）を行なっていることを知っている。知っていながら、賄賂《わいろ》をとって、見のがしているのだ。

しかも、越前屋の背後には日本財界屈指の銭屋があり、越前前田家のうしろには加賀百万石がひかえている。おいそれと手がだせないのも事実であった。

「まことに申し上げにくいのでございますが、ちょっとした不手際が生じまして、中野碩翁さまにお届けする御薬《おくすり》が少々、遅れるのでございます。なにとぞ、ご容赦《ようしゃ》くださいませ」

越前屋甚兵衛は黒檀の卓に両手をつき、こうべを垂れた。

御薬とは、白面《ヘロイン》のことである。

中野碩翁は越前屋甚兵衛の持参する白面を養女のお美代の方にわたしているのだ。すなわち、お美代の方は白面という麻薬によって、将軍家斉の寵《ちょう》を得ているのである。

将軍の寵をうしなえば、お美代の方は大勢いる側室のひとりにすぎなくなり、中野碩翁もたちまち凋落《ちょうらく》してしまう。

白面は中野碩翁の権勢の種《たね》といっても過言ではないのだ。

「そのことは、わしから碩翁さまに申しあげる。されど、あまり遅れてはならぬぞ。御薬をあつかっているのは越前屋、その方だけではないのだ」

鳥居耀蔵が越前屋甚兵衛をじろりと睨んだ。思わず背筋が慄《ふる》えだすような底冷えのする眼であった。

「わかっておりまする」

越前屋はさすがにしたたかである。話題を変えた。

「鳥居さま、今宵《こよい》角海老楼に用意いたさせました花魁《おいらん》は、京の島原《しまばら》より参った遊女にございまする」

「なに、京の島原とな？」

鳥居耀蔵の眼に好奇の色がやどった。この男も稀代《きだい》の好色漢なのだ。

「てまえが耳にいたしたところでは、三条《さんじょう》中納言《ちゅうなごん》の三ノ姫布由子《ふゆこ》さまでございますか」

越前屋甚兵衛は、口もとに脂《あぶら》っ濃《こ》い笑みをにじませた。

男は上淫《じょういん》を好み、女は下淫《かいん》を好む、と古来言われている。上淫とは身分の高い女と淫《いん》することをいい、下淫はその逆である。

上淫好みの鳥居耀蔵が三条中納言の息女と聞いて、食指を動かさぬはずがない。と、越前屋甚兵衛は踏んでいるのであった。

それからしばらく雑談して、鳥居耀蔵は菓子折りをかかえて密談室から去った。股間が疼《うず》いているに相違ない。

「越前屋」

鳥居耀蔵の前で貝のように口を閉ざしていた市田六郎左衛門は、緊張を解《と》くかのように葡萄酒を満たしたギヤマンのグラスを口にはこんだ。江戸時代の葡萄酒はおどろくほど高価で、一本、五両から十両もしたのである。

「割符《わりふ》を影月竜四郎なる浪人に奪われたこと、鳥居どのの耳に入れておいたほうがよかったのではあるまいか」

「なにを申されます、市田さま」

越前屋甚兵衛が眼を剝《む》いた。

「鳥居耀蔵と申す御仁は、こちらの失態を赦《ゆる》すような寛容な人柄ではございません。割符のことは、てまえと市田さまの胸の中に封じ込めておかなければなりませぬ。へたをすれば命取りになりまするぞ」

越前屋の貌《かお》に異様な凄《すご》みがこもった。

「市田さま、割符はかならずやこの越前屋甚兵衛がとりもどします。いかなる手段をもってしても」

「されど」

市田六郎左衛門が口許《くちもと》をにがくした。

「影月竜四郎は、並の腕ではない。それに、奴のうしろには、河内山宗俊と申す肝《きも》のすわった御数寄屋坊主とその一党がひかえておる。面倒なことにならずばよいが……」

「影月竜四郎の家は、常に見張らせております」

越前屋甚兵衛の眼が狷介《けんかい》に動いた。

「神田三河町の家を襲おうとも考えましたが、あのあたりはごみごみしていて、貧乏長屋が多く、人目につきやすい。番所も近くにありますれば、徒党を組んで寝込みを襲うのは、いささかむずかしかろうと思われます」

「では、いかがいたす」

「つけ狙って斬り殺す所存にございます。先日は、いま一歩のところで逃がしましたが、次はかならず仕留めておめにかけます」

越前屋甚兵衛がつよい調子でいった。

「河内山宗俊など、たかが賤《いや》しい御数寄屋坊主ではございませぬか。ほっておいたところで、どうということもありますまい。こちらには、中野碩翁さま、鳥居耀蔵さまがおられるのですぞ」

たしかに、御数寄屋坊主はとるに足らぬ存在にすぎない。江戸城内において、登城者にお茶の接待をする係で、頭をまるめていても、寺や仏とはまったく関係がない。

つまり、茶道の家にうまれた茶の専門家で、代々、世襲である。俸給は四十俵《ぴょう》という卑禄《ひろく》だが、御目見《おめみえ》という将軍に謁見《えっけん》することのできる身分をあたえられており、大奥への出入りも黙認されている。

だが、越前屋はいささか御数寄屋坊主を軽んじているようである。

御数寄屋坊主は江戸城と大奥の事情通で、噂をふりまいてまわったりする。幕府高官も、諸侯も、御数寄屋坊主に金品や絹などをあたえて、手なずけているのだ。敵にまわせば、これほど厄介な者はいない。根も葉もない噂を江戸城や大奥に流されでもすれば、大名も、旗本も、たちまち、存亡の危機に瀕《ひん》する。

とりわけ、河内山宗俊は御数寄屋坊主の中でもずばぬけたワルなのだ。みくびると、大《おお》火傷《やけど》をする。

越前屋甚兵衛も、江戸留守居役の市田六郎左衛門も、江戸城のことはうといといわざるを得ない。

「市田さま、割符の件はお気になさいますな。てまえにお任《まか》せくださいまし」

越前屋甚兵衛は自信ありげな笑みをふくみつつ、ギヤマンの杯に葡萄酒を満たした。

3

「そなた。京の島原から参ったそうじゃな」

鳥居耀蔵は布由子の肩を抱き寄せると、まとっている藤色の長襦袢のえりもとをはだけさせた。

角海老楼の閨房《けいぼう》である。

四畳半と意外にせまい。その大半を三枚重ねの絹の夜具が占めている。掛蒲団は一枚で、寒ければそれに小夜着《さよぎ》をそえる。

鳥居耀蔵は脂《あぶら》ぎった笑みを狷介な眼のふちににじませながら、布由子の乳房を根元からつよくにぎりこんだ。白い乳房の膨らみは、白磁《はくじ》のようになめらかだった。乳房は小ぶりだが、くっきりとした稜線が保たれ、乳首と乳暈《にゅううん》のうっすらと赤みをおびた明るい色合いがふるいつきたくなるほど美しい。

「ああ……」

布由子はほっそりしたあごをわずかに反《そ》らすと、絶え入るようなうめきを洩らした。髪を御所髷《ごしょまげ》に結《ゆ》いあげた繊細な顔は、由緒《ゆいしょ》ただしい令嬢の気品をただよわせている。

その高貴な品位にみえたほそおもての顔は、眉をひそめ、苦痛に耐えるかのような表情を示している。

鳥居耀蔵は美しい花を手折《たお》るかのような嗜虐《しぎゃく》的な劣情にかられ、乳房に唇をおしつけた。

鳥居耀蔵の色の悪いざらざらした舌が、布由子の双の乳首に交互にまとわりついていく。

布由子の口から細い声が途切れ途切れに洩れる。耀蔵の舌が乳首を荒っぽく薙《な》ぎ伏せるたびに、布由子の洩らす声は高くなり、喉の奥で細く尾を曳《ひ》いてふるえた。

布由子は十八歳だという。島原から吉原に移って、十日ほどしか経っていない。

耀蔵は乳首と腋窩《えきか》に舌を往復させた。きれいに体毛が始末されている腋《わき》の下のくぼみは、きめのこまかい膚《はだ》がかすかな青味をふくみ、唇でなぞるたびに息づくようにうねった。

耀蔵は乳房に脂っ濃い舌戯を加えながら、布由子の深紅の湯文字をとりはらい、股間に掌をすべらせた。

耀蔵は残忍な笑みを浮かべつつ、布由子の秘処のはかなげなふくらみを掌で粗野《そや》に探りあげた。

「ああ――ううん、ううん」

布由子の唇からうめきが散った。青く血すじが透《す》けてみえるほどに薄い肌が、焼鏝《やきごて》をあてられたように、四肢《しし》にはげしい痙攣《けいれん》をつたわせて、大きく波打った。

悲痛ともいえる乱れた息づかいが、耀蔵の嗜虐的な劣情の炎へ油をそそいだ。

耀蔵は閉ざそうとする布由子の内腿を両手で力まかせにおしひろげると、股間に淫鬼《いんき》のごとき面貌を埋めた。

布由子の恥毛はやわらかく、もやっとしていた。その下の珊瑚《さんご》色の割れ目の深みから、なまなましくも濃密な女の匂いがたちのぼってきたのである。

(なんと!!)

耀蔵は鼻に寄せてくるあらあらしい夜走獣をおもわせるような粘液そのものといった濃密な匂いに、毛穴が粟粒《あわつぶ》立つような昂奮をおぼえた。布由子の淡く煙ったような繊細な美貌からは想像もつかぬ強烈な匂いであった。

耀蔵は息づまるような布由子の香りを肺いっぱいに吸いこみたくなって、割れ目の深くてやわらかい部分に鼻をすりつけ、鼻の穴を埋め込んだ。たっぷりと粘液をたたえた薄紅色の花びらを、音を立ててすすりこんだ。

「あれ!! あれっ!!」

布由子が可憐《かれん》な感じの悲鳴をあげて腰を揺すりたてた。耀蔵のひどく動物的な愛撫が精欲を刺戟し、とろけるような快感を湧きたたせたのかもしれない。

耀蔵は惑乱したかのように舌の先で赤い肉の芽をさぐり、乳房を揉みたて、熱く濡れそぼっている割れ目のくぼみに浅く指をくぐらせた。

布由子の声がとまらなくなった。かたい弾力をたたえた肉の環が局部に埋め込んでいる耀蔵の指をきつく締めつけてくる。

耀蔵は布由子の膣の粘膜の深みに魔性《ましょう》が潜《ひそ》んでいるようなぶきみさにおそわれ、思わず指をひきぬいた。

「あっ、あぁ——」

布由子が虚脱したように吐息を洩らした。肩すかしをくったような感じなのかもしれない。

耀蔵はなにかしら醒《さ》めたような気分になりあらためて布由子の秘処に眼を凝らした。

ふっくらとしたそこは、深みに淡紅色をたたえ、なにかの花のような可憐さを感じさせた。少女のようにぱっくりした切れ込みは、蜜《みつ》をはらんで透明に光っていた。布由子が切なげに腰をうねらせるたびに、切れ込みが小さくほころびたり開いたりして、燃えたつようにかがやく薄い襞《ひだ》が見えかくれした。

耀蔵は見えざる糸にたぐり寄せられるように、秘処に顔を埋めた。舌が触れたとたん、ふくらみきった肉の芽が一瞬、ひるみでもするように身をちぢめた。

耀蔵は炎のような淫情におそわれた。唇で肉の芽を捉《とら》え、舐めあげ、咬《か》み、つよく吸いあげた。

布由子はすすり泣くような声を洩らして、腰をせりあげた。

「お殿さま、もう、堪忍。お情けをくださりませ」

布由子はからだを跳《は》ね起こして訴えかけると、柳の葉のような切れ長な瞳を横一文字に吊りあげて、耀蔵の膝に跨《また》がってきた。こわばった顔は、狂気にとり憑かれていた。


同じ頃。

越前屋甚兵衛は君香《きみか》という馴染みの花魁のからだを玩《もてあそ》びながら、悦に入ったように薄笑った。

（鳥居耀蔵はいまごろ、ありがたがって布由子のからだを隅々まで舐《な》めまわしていることだろう）

耀蔵は、布由子を三条中納言の三ノ姫だと思い込んでいるにちがいない。

むろん、吉原の花魁が自分の素姓《すじょう》を明かすようなことはない。布由子も、訊《き》かれたところで曖昧《あいまい》な微笑を浮かべるだけだろう。

布由子は三条中納言の三ノ姫などではなかった。零落《れいらく》をかこつ貧乏公家の娘にすぎない。

実際、京の島原には、貧乏公家の娘が大勢、客の枕の塵《ちり》を払っているのである。

平安時代中期に台頭してきた新興階級である武家に権力を奪われて以来、京の公家は赤貧洗うがごとき暮らしを余儀なくされてきた。

公家が売ることのできるものといえば、黴《かび》の生えた権威と由緒《ゆいしょ》ある血統《けっとう》いがいになく、そのふたつをそなえた姫こそが唯一の財産なのだった。

関白、大臣、大納言、中納言といった名門公卿《くぎょう》は姫を大名に嫁《とつ》がせ、莫大な結納金をせしめ、それでどうにか家門を支えている。それ以下の中・下級公家は、大坂、奈良、京といった畿内の財界の巨頭に娘を縁づかせて経済的な援助を受ける。

それができない公家は、娘を島原に売るしかないのである。

だが、それはなにも京の公家だけにかぎったことではなかった。

天下泰平の中で、町人が経済的に勃興《ぼっこう》し、世の中は貨幣でうごくようになり、人々の生活水準もいつの間にか高くなった。

ところが、幕府経済のすがたは二世紀前といささかもかわっていない。

諸藩はちがう。とくに経済に敏感な西国《さいごく》諸藩は百年も前から経済活動に力をそそぎ、殖《しょく》産《さん》と内国貿易を開発し、長州《ちょうしゅう》藩などは表高《おもてだか》三十六万九千石にもかかわらず、年々百万石以上の収入があるといわれている。

薩摩《さつま》藩は唐土の清《しん》国と密貿易を行ない、大いに財力を養《やしな》っているし、加賀百万石前田家も銭屋と組んで、密貿易により莫大な金銀をたくわえているという。

越前前田家も、表高は三万二千石にすぎないが、実収入はその三倍もある。越前屋甚兵衛と組んだ密貿易の成果だ。

これにくらべて、幕府は痩せるばかりで、財政的困窮は旗本八万旗に皺寄《しわよ》せがくる。五百石以上の旗本大名で、役職に就《つ》いている者ならともかく、それ以下で、小普請組《こぶしんぐみ》（無役）の旗本は、屋敷に下男もおけぬほどに苦しい暮らしを強いられているのである。そのような旗本で、売れるものといえば娘ぐらいのものだ。

吉原にも旗本や御家人の娘がずいぶんといるのである。

ある意味では、旗本・御家人も、京の貧乏公家とさほどかわらない。

越前屋甚兵衛は君香を四つん這いにして、さらけだされた局部をむさぼっていた。

君香の局部は、黒い毛をまとわりつかせて深紅に濡れ光っていた。そこを舐めあげると、君香は金切り声を張りあげ、乱れた髪を打ち振ってもだえた。

（鳥居耀蔵も、甘い男よ。公家の姫君などをありがたがりおって）

越前屋甚兵衛は陰湿な笑みをしたたかそうな貌ににじませながら、怒張した陰茎を君香の秘処に埋め込んだ。

真っ白く盛りあがった君香の尻が、越前屋甚兵衛の陰茎に突き動かされて淫《みだ》らにうねった。

4

毒島左膳は、日本橋堀留町から一町ほどはなれた寿福寺《じゅふくじ》というちっぽけな寺の境内の小ぶりな石の上に、よろめくように腰をおろした。野良犬のように歩きまわったおかげで、足が棒のようになっている。

「鶴川柳次郎め」

毒島左膳は喉をあえがせながらつぶやいた。憎悪にまみれた血みどろのつぶやきだった。あれ以来、眼を血走らせて吉原のまわりを捜している。鶴川柳次郎を斬るためだった。あの男を斬らなければ、どうにも腹の虫がおさまらないのだ。

吉原で浴びせられた屈辱は、毒島左膳を完膚《かんぷ》なきまでにうちのめした。それほどの屈辱だった。親切面《しんせつづら》をして大口屋に連れ込んだ鶴川柳次郎が、八つ裂きにしたいほど憎かった。騙されたおのれが馬鹿だとは爪の先ほども思わなかった。

だが、どれだけ捜しまわっても、鶴川柳次郎の影さえなかった。

そのうち、金が尽きた。

虎の子の七両を大口屋で使ってしまったのだ。財布が空《から》になるのも当然だろう。今日は朝からなにも腹に入れていない。昨日の夜、駒形《こまがた》の路地裏の薄ぎたないめし屋で、めしを食っただけである。どんぶりめしに、薄く色のついている味噌汁《みそしる》をぶっかけ、それを嚙まずに胃に流し込む。小皿に大根の切漬《きりづ》けがついている。それも、どんぶりの上に載せる。

大根の切漬けの味を思いだした。涙が出るほど苦く感じた。

横の陽だまりで痩《や》せ犬が寝まどろんでいる。その姿を見ても、冬の足音がすぐ近くまでしのび寄ってきているのがわかる。

浪人暮らしをつづけている毒島左膳は、食わないことがどれほど怖ろしいかを骨身にしみて知っている。食わなければ体力が衰え、持久力がなくなる。寒さが三日もつづくと、腹になにもいれていない者は、あっけなく凍死してしまう。そうした浪人を、毒島左膳は何十人も見てきた。

「おい」

野卑な声が頭の上からふってきた。

顔をあげる。目の前に汚れ浪人が三人立っている。いずれも、垢《あか》まみれの貌は無精ひげだらけで、ボロボロの着流しをまとっている。双眸《そうぼう》が飢《う》えて殺気立っていた。

「われわれは、二日ばかり飯を食っておらぬ。一朱ばかり貸してくれぬか」

「馬鹿をいうな」

毒島左膳は嚙んで吐きだすようにいった。

「金などビタ銭一枚もないわ」

「そうかな」

一人があつかましく顔をつきだした。体臭がむっと湧く。すさまじく不潔な臭《にお》いだ。半年も風呂に入っていないかのようであった。

「身装は、われわれよりよいではないか。けちなことを言わずにめし代をよこせ」

「ない袖はふれぬわ。金があれば、このようなボロ寺の境内にへたりこんでなどおらぬ」

「まことに金を持っておらぬのか？」

むさくるしい浪人が狡《ずる》そうに眼を動かした。

「くどい!!」

「ならば、ふところをあらためさせてもらうぞ」

飢えた浪人というやつは、これほどまでに落ちる。武士の矜持《きようじ》も、羞恥《しゆうち》もあったものではない。野良犬のほうがまだましなくらいである。

「やめい。無礼にもほどがあるわ」

毒島左膳の貌に怒りがこもった。

「ということは、金を持っているのであろう。お主、われわれに嘘をついたな」

三人が利刀に手をかけた。

毒島左膳は颯《さつ》と腰を浮かすと、すばやく利刀の鯉口を切った。こめかみがはげしく搏動《はくどう》しはじめた。本気で斬るつもりなのだ。

左膳から放射される殺気に、三人の浪人はたじろぎ、逃げ腰になってあとずさりした。

「嘘をついたなど、聞きずてならぬ。ふところをあらためたいなら、おれを斬ってからにせよ」

左膳の双眸ににぶいきらめきが走った。

「待て」

浪人のひとりが手をあげて左膳をなだめた。反吐《へど》のでるほど卑《いや》しげなおもつきであった。

「浪人同士が殺し合いをして、どうなる。幕府をよろこばせるだけではないか。わかった。金を貸せとはいわぬ」

三人の浪人は左膳に背中を向けた。左膳は緊張を解いた。刀を抜いて相手を斬るためには、すさまじい精神力と活力が必要なのだ。

ほっと吐息を洩らす。

刹那《せつな》、浪人のひとりが左膳に振り返って抜き討ちを浴びせかけた。

「斬《とう》!!」

左膳の利刀が鞘走《さやばし》り、電光のように奔《はし》った。

ざっ!!

左膳の刀刃が浪人の脾腹《ひばら》を深々と裂いた。

「うぐっ!!」

浪人は海老のように軀を折り曲げ、そのままぶざまに倒れ伏した。裂かれた脾腹から血汐とともに白いものがずるりと滑《すべ》り出てきた。

腸《はらわた》である。内臓はきっちり折りたたまれて体内に収まっている。腹が裂けると、すぐさま、そこからはみでてくる。

二人の浪人の顔が蒼白にゆがんだ。左膳の蛇切剣《じゃせつけん》のおそるべき速さに驚愕してしまったのだ。

左膳は利刀を上段に振りあげると、二人目の右肩をするどく雁金《かりがね》に斬り下げた。

「ぎゃあ!!」

そいつが絶叫とともに崩れ込む。肩口から生血が勢いよく噴出する。

「斬《とう》!!」

左膳の利刀が蛇《くちなわ》のように三人目の右腕にからみついた。

すぱっ!!

浪人の右腕が血汐を曳《ひ》いて空中高く跳ねとんだ。そいつががくりと右膝をついた。ボロボロの着物の袖はまだつながっている。二ノ腕あたりから斬りとばされたのだ。流れ出る血が袖の中にたまっていく。袖が瓢《ふくべ》のように膨らみ、重みで布が裂け、どすぐろい血がばしゃっと地べたにぶちまけられた。

右腕を斬り落とされた浪人は、その場にうずくまってうめきをあげている。早く手当をしなければ、出血多量で死んでしまうだろう。

毒島左膳は利刀を振って、血をとばし、鞘に収めると、足早にボロ寺の境内から歩み去っていった。

その光景を境内の欅《けやき》の陰《かげ》からながめていた者があった。野分の熊蔵という破落戸《ごろつき》である。熊蔵は越前屋甚兵衛の飼犬で、深川暗黒街にも顔の利くしたたかな無頼漢であった。

「あの死神みてえな痩せ浪人、凄え腕をしていやがるぜ」

野分の熊蔵は角張ったあごを撫《な》でながら、狡猾《こうかつ》そうに薄笑った。

毒島左膳は、そんなことは知るよしもない。重い脚をひきずりながら、堀留町へ軀をはこんでいく。

くだらぬことで三人も人を斬ってしまった。しかも、一文《いちもん》にもならない、まったくの骨折り損のくたびれ儲《もう》けである。ますます厭になる。

堀留町には、廻船問屋の銭屋が本店をかまえている。十四、五人の手代や小僧どもがひろい店先で、何台もの大八車に山積みされている荷《に》駄《だ》を解いている。さながら、戦場のような忙しさだ。

毒島左膳は銭屋の店先に近寄ると、荷駄を解いている手代に声をかけた。

「番頭の富蔵《とみぞう》を呼んできてくれぬか」

手代は左膳の身装《なり》に眉をひそめたが、身にまとっている殺伐《さつばつ》とした雰囲気に怖《お》じけづき、富蔵を呼びに奥へ走りこんでいった。

しばらくして、富蔵が店先にあらわれた。ぎすぎすと痩せた男で、糸瓜《へちま》のような面《つら》をしている。

「これは毒島先生」

富蔵は揉み手しながら愛想笑いを浮かべた。

「なにか御用でございますか」

「手許不如意《てもとふにょい》でな。来月とその次の分、占めて一両、前借りしたいのだ」

毒島左膳がいった。月二分で銭屋の非常勤の用心棒をしているのだ。

「困りましたな」

富蔵が表情をしぶくした。

「そういう先生が多くてね。うちとしても、あまり寛容にはなれませんのです。なにしろこの不景気でしょう。銭屋も、内実は苦しいのですよ。大旦那の吾平《ごへい》さまは口をひらけば経費節約ですからね」

富蔵はむずかしげなおももちで腕を組んだ。頭のてっぺんから爪先までじろじろと眺める。

「用心棒の先生は、余っておりましてね。銭屋としましても、幾人かおひきとり願おうと思っているのですよ」

厭味《いやみ》たらしくいう。

「毒島先生、わかりました。来月分の二分だけご用立ていたしましょう。けれども、今度だけでございますよ。よろしいですね」

富蔵は居丈高《いたけだか》な感じで念を押すと、二分銀を紙に包んでさしだした。

「ありがたい。これでめしが食える」

思わず本音がでた。

「それでは、お引取りくださいませ。そんなところに立っていなさると、店の者の仕事の邪魔になりますので」

富蔵は犬でも追いたてるような調子でいった。

「わかった」

毒島左膳は銭屋本店から背を向けた。安堵の吐息をついた。これで、腹いっぱいめしが食える。ひとりでに口許《くちもと》がゆるんだ。

「もし」

声がかかった。

毒島左膳は足を止め、うろんげに振り向いた。

茶の紬《つむぎ》に紺献上《こんけんじょう》の帯をきっちりと締め、素足にま新しい雪駄をつっかけている。

浅黒い顔は眼つきがするどく、いかにも酷薄《こくはく》そうであった。

「あっしは野分の熊蔵って者でございます。よろしかったら、そこの蕎麦《そば》屋で一杯、飲《や》りませんかい」

野分の熊蔵が魂胆《こんたん》ありげな笑みを浮かべながら誘いかけた。毒島左膳に断る理由はない。酒を飲ませてくれるというのだ。ありがたい話ではないか。

左膳は熊蔵のうしろから蕎麦屋の暖簾《のれん》をくぐった。

「そばと、それから銚子二本だ」

熊蔵は小女《こおんな》に注文して、入れこみの六畳へ上がった。左膳がつづく。

「先生、お名前をお聞かせくださいやし」

「毒島左膳、羽州・長瀞藩の浪人だ」

「毒島左膳先生、いいお名でございますね」

熊蔵が喉の奥でへっへへと笑った。

銚子が二本、はこばれてきた。

「まずは、おひとつ。お近づきのしるしってやつで」

熊蔵は左膳のぐい呑みに酒を満たした。

「じつは、この先の福寿寺の境内で、先生が三人の食いつめ浪人をお斬りなさったところを偶然、見かけましてね。いやはや、凄い腕をしていなさる。度肝《どぎも》をぬかれてしまいましたぜ」

「それがどうした」

左膳がぐい呑みの酒をぐっと飲んだ。頰のげっそりした貌は、陰気この上ない。

「あっしは銭屋の惣番頭《そうばんとう》をつとめている越前屋甚兵衛の世話になっているんでさ。甚兵衛さまは銭屋の惣番頭のかたわら、越前屋を興《おこ》しましてね。けっこうな羽振りなのでございますよ」

「その越前屋甚兵衛がおれの腕を買いたいと申すのか」

「銭屋の四倍は出しましょうぜ。甚兵衛さまは肝《きも》の太い御方でございやすからね」

熊蔵がぬけめなさそうな笑みを口もとににじませた。

「で、誰を斬るのだ」

「そいつは、越前屋の旦那がおっしゃいましょう。あっしは、毒島先生を越前屋甚兵衛とお引き合わせするだけでございますよ」

熊蔵は銚子をかざして、左膳に酒をすすめた。

（銭屋の四倍、月二両か）

左膳はまんざらでもなさそうな顔つきで、ぐい呑みを口にはこんだ。

5

お蔦は深川・石川町の舟宿『喜久屋』の暖簾《のれん》をくぐると、とんとんと二階へ駈け上がっていった。

座敷をぬけだしてきたのだろう。

銀杏返《いちょうがえ》しの髷《まげ》がわずかに乱れている。萌黄《もえぎ》地《じ》に牡丹《ぼたん》を描いた派手な付け下げに、縫箔《ぬいはく》で波を浮かせた丸帯をきっちりと締め、藍地に縦皺の羽織をはおっている。

深川芸者は、羽織《はおり》という。羽織を着て座敷に出るからだ。真冬でも足袋《たび》をはかず、足の爪を紅《べに》で染め、意気と張りを売りものにする羽織芸者は、深川の名物といっていいだろう。

「竜さま」

お蔦は障子戸を勢いよく開けて、六畳間に走り込んだ。

影月竜四郎は二階の窓辺に寄り添って、眼前にひろがる夜の海をながめていた。黒い海に点々と漁火《いきりび》がにじんでいる。吹きこんでくる冷たい夜風が磯の香をはらんでいる。海鳴りが野太くおおいかぶさってくる。

冬は、ちかい。

「お蔦」

竜四郎は微笑すると、ふところから上品な紙袋をとりだした。

「つまらない小物だが、とっておきな」

「まあ」

お蔦は瞳をまんまるにした。

「上野・池の畔の『浪花屋』さんの『白梅香《はくばいこう》』じゃないの」

お蔦は竜四郎から渡された紙袋を嬉しそうに頬にあてがった。

「これ、いまとても流行《はや》ってるの。ほしかったのよ」

「そいつはよかったな」

竜四郎は窓を閉めて卓の前にあぐらをかくと、銚子をとりあげた。

「どうだい、いっぱい飲《や》らないか」

「いただくわ」

お蔦はいそいそと竜四郎の隣りに横ずわりすると、さかずきをかざした。竜四郎が酒をつぐ。お蔦はほっそりしたあごを心もち反《そ》らせて、さかずきの酒をふくんだ。

「お美味《いし》い。竜さまのお酌で飲むお酒は、格別だわ」

張りのある目許《めもと》をなごませた。すると、どきりとするほど色っぽくなった。

お蔦はぐいぐいと盃を重ねる。たちまち、四本の銚子が空になった。

「すこし、酔ったかしら」

お蔦は羽織を脱ぐと、甘えるように竜四郎の肩を抱いた。

「なんだか息苦しいの。竜さま、帯をゆるめてくださいな」

「うむ」

竜四郎はお蔦の帯をゆるめた。すると、きっちりしていた襟《えり》もとがいくらかはだけた。

「お蔦」

竜四郎はお蔦の襟もとに手を差し入れると、唇を重ねた。お蔦は待ちかまえていたように応えた。歯を割って、お蔦の舌がしのびこんでくる。粘《ねば》っこい感じの濃密な接吻《せっぷん》だった。お蔦の舌が竜四郎の上唇の裏側をねっとりと這っている。その熱い舌は、すぐさま竜四郎の舌を追いかけるようにして、からみついてきた。

口を吸い合いながら竜四郎は長襦袢の下に手をもぐりこませてお蔦の乳房をまさぐった。お蔦の乳房の膨らみは柔らかく、熱く、芯《しん》の固い張りがあった。乳首を指の間にはさみつける。応えるように、乳首が固くしこりはじめる。

「ああ……」

お蔦は堪えきれぬように竜四郎の唇をはなし、横を向いて甘ずっぱい吐息を洩らした。上体がたゆたうように揺れ動いている。その様子には、燃えさかるような欲情の気配がみなぎっていた。

竜四郎はゆっくりと乳房を揉みしだきながら、お蔦の艶《つや》やかなうなじに唇を這わせた。

「うふっ」

お蔦が喉の奥で笑いを洩らした。

「くすぐったいけど、気持いい。竜さまったら、とてもお上手なんだから……」

竜四郎はお蔦の頸すじから頬にかけて、唇でなぞりながら、固く張りつめた双の乳首を指でつまんで揉みあげた。ころころと固く張りつめた乳首が、竜四郎の指の先ではずんだ。

「ねえ」

お蔦がかすれた声で訴えた。

「次の間に、夜具がのべてあるんでしょ。そちらに行きましょうよ」

「そうだな」

竜四郎はお蔦のからだをはなすと、次の間のふすまを開けた。お蔦が入ってきて、シュシュッと手際よく帯を解いた。萌黄《もえぎ》の付け下げの裾が夜咲く花のようにひるがえり、着物がはらりと舞い落ちた。

竜四郎は縞物《しまもの》の着流しを脱ぐと、夜具の中に横たわった。夜具の中は冷んやりしていた。

隅の常夜行燈が四畳半の部屋にほのかな明かりをただよわせている。

海鳴りが重くおおいかぶさってくる。今夜は時化《しけ》もようかもしれない。

舟宿『喜久屋』のある石川町は、深川のはずれで、空地や湿原が多く、あまり人目につかない。お蔦が竜四郎と逢引するには好都合なのだ。

喜久屋の近くを流れる堀川は扇橋で小名木《おなぎ》川へ合流し、これが大川に通じている。

「お待たせ」

お蔦が振り向いて膝を折り、にっこりした。胸もとまでずり下がった水色の長襦袢が常夜行燈の明かりに妖《あや》しく映えている。

竜四郎は夜具から軀を起こした。先日、負った左肩口の傷はすっかり癒《い》えている。筋肉の盛りあがったたくましい軀が油びかりしている。

「竜さま」

お蔦があえぐように竜四郎にしなだれかかった。竜四郎はお蔦の長襦袢の紐をほどくと大きく前をはだけさせた。長襦袢は、お蔦の二の腕のところにからみつき、さらけだされた白い胸で、豊かな乳房がもだえるように息づいている。

お蔦は濡れた瞳を艶っぽくなごませると、竜四郎の口もとに乳首をそっと寄せてきた。

さらに、お蔦はもうひとつの手を取って、乳房にいざなった。

竜四郎はお蔦の乳首に唇をおしかぶせると、舌をからみつかせ、一方の手で円を描くようにして乳房を揉みしだいた。

「ああ……」

お蔦は甘いあえぎを洩らすと、腰を浮かしぎみにして、竜四郎の怒張した陰茎をいとおしそうに握り込んだ。

甘くしびれるような疼《うず》きが、竜四郎の腰にひろがり、背すじにつたわってくる。

「いいことしてあげる。白梅香のお礼よ」

お蔦は妖しくほほえむと、背中をくの字に折り曲げた。お蔦の柔らかなくちびるが竜四郎の陰茎におしかぶせられた。お蔦はゆっくりと美しい顔を上下させた。舌が淫らな蛇のように陰茎の裏側を付け根のところから亀頭に向けてなぞりあげていく。

お蔦の湿《しめ》り気《け》をおびた肌が熱気をはらんでいく。お蔦が陰茎を喉にとどくほど呑みこみ、凝《じっ》と締めつけてくる。竜四郎の陰茎の芯に気がみなぎり、付け根からびくんと跳ね、はげしく膨張していく。

「硬くて、たくましい」

お蔦は唇をはなすと、嬉しそうに両手で竜四郎の陰茎を囲った。亀頭と陰茎をへだてる溝に舌を添え、底を掃《は》くようにして舐《な》めあげる。お蔦のくちびるから垂《た》れた唾液《だえき》が陰茎をつたい、付け根から陰嚢《ふぐり》へ流れ落ちていった。

濃密な快感が竜四郎の力を根こそぎ奪いとっていく。何度も果てかけた。だが、そのたびに、お蔦は機敏に察して唇の動きを止め、破裂をひきのばすのだった。

そうしているうちに、お蔦も粘液質の昂《たかぶ》りを示し、両膝をひろげて立てて腰をかかげ竜四郎の顔の前に尻を突きだした。それは、申し分なく、淫らで煽情的《せんじょうてき》な痴態であった。

竜四郎の欲情が衝《つ》きあげられるように高まっていった。両手でむっちりした尻をつかんで外側へひろげた。尻の谷間と菊の座があらわになった。お蔦の呼吸がはずみはじめるのがつたわってくる。

内腿を横に走っている深いくびれと、尻の谷間の線が寄り合ったところに、女陰のむっちりした膨《ふく》らみと、薄桃色の割れ目がのぞいている。割れ目は蜜をあふれさせて、うっすらと透明に光っていた。

竜四郎は胸にまわした手でお蔦のたっぷりと実の入った白桃のような乳房を揉みしだきながら、割れ目と菊の座の間を舌で何度もなぞった。

お蔦がせがむように尻をせりだした。局部があからさまにさらけだされた。上端に赤い小さな蕾《つぼみ》が顔をのぞかせている。

竜四郎は蕾をふくみ、あやすように咬《か》んだ。

「あっ!!」

お蔦が不意をつかれたような声をはなった。鮮烈な快感が生じたのか、腰のくびれがはげしく慄《ふる》え、内腿が鳥肌立った。

お蔦は口から竜四郎の陰茎をほうりだすと、ことばにならないうめき声で何か低く叫び、息を詰まらせた。のけぞった肢体がこわばったまま小刻《こきざ》みにふるえだした。

極《きわ》めたのだろう。

竜四郎は肉の芽に舌をからませつつ、局部のはざまに指を埋め込み、ゆっくりと抜き差しした。指先に刻みこんでくるような強いうねりがつたわってくる。膣の粘膜が蠕動《ぜんどう》しているのだ。

「竜さま、もう限界よ、勘忍して」

お蔦は呻吟《しんぎん》しながら訴えかけると、身をひるがえすようにして、白い両腕を竜四郎の首に巻きつけ、膝に跨《また》がってきた。尻を浮かし、たくましく屹立《きつりつ》している陰茎の先端に局部の陰唇をおしつけた。

お蔦は眉をひそめて瞳を閉じ、ゆっくりと腰を沈めた。冴《さ》えた美貌は汗がにじみ、桜色に上気していた。

独特の微妙な律動をともなって、陰茎がうるみきった膣の粘膜に埋め込まれ、深々とくわえこまれた。

「いいわ」

お蔦が恍惚《こうこつ》とした表情でささやきかけた。

「大きくて、硬くって、すっごく力強いわ。奥までとどくわ。ジーンとして、このまま、どこかへもっていかれそう」

ややあって、お蔦は瞳を吊りあげた。夜叉のような形相になって、狂気のように尻を上下させた。

「くる、くる、くる、くるわ」

お蔦は顔をひきつらせて口走った。官能の渦巻きが極限へ昇りつめていくのだろう。

竜四郎は堪えていた緊張を解きはなった。ややあって、怒張のようなものが噴きあがり、爆《はじ》け散り、すさまじい勢いで放出した。

「あうっ!!」

お蔦は竜四郎の胸に両手をつき、背中をしならせてのけぞり、白目を剝《む》いて硬直した。

頭の中が真空になるような絶頂感覚がおとずれたのだろう。

竜四郎はお蔦の快感の余韻《よいん》が退《ひ》くまで軀をつないでおくことにした。

6

神田川の流れが凍ったようなきらめきをはなっていた。両岸の枯《か》れ尾花《おばな》が夜風に寒々と揺れさわいでいる。

中央に利鎌《とがま》のような三日月が翳《かげ》っていた。

五ツ半（午後九時）。

江戸の街は夜の帳《とばり》に沈んでいる。どこかの路地裏から野良犬の遠吠《とおぼ》えがひびいてくる。

神田川にかかった昌平橋《しょうへいばし》をわたると、目の前に八辻《やつじ》ケ原《はら》がひろがる。

西側の小川《おがわ》町には五百石前後の旗本屋敷がつらなっている。東側には庶民の住む長屋や民家、商家がひしめいている。

筋違御門橋《すじがいごもんばし》の手前の路地を練塀小路《ねりべいこうじ》という。その練塀小路の中途に、五百坪ほどの敷地を持つ邸があった。

平門の表札には、河内山宗俊とあった。低い練塀にかこまれた邸は、さまざまな落葉樹が繁っている。紅葉の季節は燃え立つばかりにあざやかだが、冬の近いこの時期は、庭いちめんに茶色い落葉が積もっている。

あるじの河内山宗俊は下男に庭の掃除をさせるような人物ではない。

百坪ほどの切妻《きりづま》の屋敷はかなり老朽化《ろうきゆうか》して濡れ縁などはいたみがはげしい。

奥まった書院に一穂の大燭台がゆらめき、河内山宗俊、森田屋清蔵、暗闇の丑松、金子市之丞、片岡直次郎が、額を寄せ合うようにして酒を飲んでいた。

「久松町の越前屋にも、越前前田家の上屋敷、下屋敷も、目立つような動きはありませんぜ。たいしたことはないと、たかをくくっていやがるんじゃありませんか」

暗闇の丑松がするめの足をかじりながら、腹立たしげにいった。

「越前前田家も、越前屋甚兵衛も、老中筆頭の水野出羽守、若年寄の林肥後守、それに、若年寄の補佐役鳥居耀蔵にしこたま賄賂を贈っている。もとより、幕府の実力者中野碩翁にもな」

河内山宗俊があくの強い眼をぎょろりと動かした。

「笹百合《ささゆり》の定紋の入った袱紗と夜叉《やしゃ》の割符《わりふ》を掏《す》り盗《と》られたからといって、公《おおやけ》にならなければ、どうということはないのだろうぜ。町奉行所に持っていったとしても、握りつぶされるのがおちだからな」

「目付を配下におく若年寄と若年寄補佐の首に鈴をつけておけば、恐いものなしということか。おまけに、幕府の妖怪中野碩翁にも甘い蜜をたっぷり吸わせているとあっちゃな」

金子市之丞が冴《さ》えた眼を皮肉っぽく光らせた。

「森田屋、このごろの抜荷の按配《あんばい》は、どのような具合になっているのかい」

河内山宗俊がわずかに膝を乗りだした。

「それは、大層な盛況さ」

森田屋清蔵が浅黒い顔にしたたかな笑みをにじませた。この諸国物産問屋は海賊上がりだけあって、抜荷の事情についてくわしい。

「年に二、三百艘は唐土の清国から荷を運んでくるだろうよ。その荷駄を瀬戸内海の島々に棲む海賊どもに渡すって寸法だ。つまり、荷駄の積み替えだな。海賊どもは、三井、成田屋、菱田《ひしだ》屋、北海屋、銭屋といった大廻船問屋の息がかかっているのさ。つまり、瀬戸内や西国《さいごく》、紀州《きしゅう》の海賊どもは大廻船問屋の下請けというわけよ」

「では、瀬戸内海の小島で清船《しんせん》から荷駄を受けとった海賊船は、三井や菱田屋、成田屋の幟《のぼり》を立てて、堂々と品川の埠頭《ふとう》や深川の鎌倉河岸に密輸品を運んでくるのかい」

片岡直次郎が呆れたような顔つきでいった。

「そうともよ」

森田屋清蔵が盃の酒をぐびぐびと喉にながしこんだ。

「品川埠頭や深川鎌倉河岸の北詰めに並んでいるおびただしい蔵をあらためれば、それこそ、高麗人参、葡萄酒《ワイン》、火酒《ブランデー》、阿片、鉄砲、唐絹《からきぬ》、化粧品、怪しげな媚薬《びやく》や麻薬のたぐい、その他もろもろの御禁制品が山のように出てくるだろうぜ」

「清国からの抜荷に大鉈《おおなた》をふるったのは新井白石《あらいはくせき》だが、田沼意次《たぬまおきつぐ》やいまの水野出羽守の時代になると、すべてがなしくずしになっちまって、抜荷はやりたい放題だ。もっとも、抜荷の取引先を捜さなければならないがな」

河内山宗俊は脂《あぶら》っぽい笑みを浮かべると、脇息《きょうそく》に肘をついた手をあごにあてがった。

「取引先の筆頭は大奥だ。年間予算二十万両と天領八百万石を背景に展開される大奥は、それこそ、なんでもありだからな」

「森田屋、越前前田家の笹百合の定紋の入った錦繍の袱紗《ふくさ》と、夜叉の面の割符は、取引上、さほどの意味をなさないということか」

金子市之丞が底冷えのする声でいった。

「錦繍の袱紗からは、最高級の白面《ヘロイン》が出てきたのだぜ」

「越前前田家は知らぬ存ぜぬで通すだろうさ。場合によっては、江戸留守居ぐらいが皺腹《しわばら》をかっさばくかもしれねえがな」

森田屋清蔵が煙管《きせる》をとりあげ、莨《たばこ》を一服、旨《うま》そうに喫《の》んだ。

「目付や町奉行から幕府の評定所にさしだされたのなら、ただではすまねえだろうが、身分もへちまもねえ痩せ浪人が持っていたところで、どうってことはねえよ」

評定所というのは、旗本や諸藩にかかわる事件をあつかう幕府の最高裁判所である。

「けど、やっぱり、南蛮《なんばん》歌留多の夜叉の割符は、抜荷の取引に支障をきたすんじゃねえのかい」

暗闇の丑松が口をとんがらかした。

「そうともよ」

森田屋清蔵が着物の片袖をたくしあげた。

「だから、越前屋甚兵衛は一物が使いものにならねえぐれえに青くなったってわけよ。だがな、取引ってやつには裏の裏があってな。南蛮歌留多の割符を失っても、信用できる人間が仲介すれば、取引ができるのよ」

「信用できる人間っていうと？」

「たとえば、銭屋吾平だ。加賀百万石を後《うし》ろ盾《だて》にした日本財界の巨頭よ。銭屋吾平が先方に書状をしたためれば、事は済むってことさ」

「けれど、越前屋はそれでまるっきり銭屋吾平に頭が上がらなくなる。惣番頭はいつまで経っても、惣番頭のままでいなくちゃならねえ。いつかは銭屋を追いぬいてやろうと心ひそかに牙《きば》を研《と》いでいる越前屋甚兵衛にすれば、糞面白くねえだろうぜ」

河内山宗俊が喉を鳴らして盃をあおった。

「だから、越前屋は竜四郎の旦那をつけ狙っていやがるのさ。そのへんにたまっている汚れ浪人どもに稲妻の竜が斬れるわけもないのによ」

河内山宗俊は鼻先でせせら笑った。

「越前屋甚兵衛はおめでたいことに、稲妻の竜が手に入れた錦繍の袱紗と南蛮歌留多の割符を肌身はなさず持っていると思いこんでいるのよ。ところが、甚兵衛なら袱紗を握ってはなさないだろうが、稲妻の竜にすれば、袱紗も割符もたいしたものじゃねえ。むしろ、わずらわしいだけの代物だ。だから、この河内山にあずけたのさ」

「まるっきり、欲のない男だからな。貧乏しているってのに」

金子市之丞が薄笑った。この男と竜四郎は、たがいの腕をみとめ合う剣友なのだった。

「越前屋甚兵衛も、越前宇奈月郡三万二千石前田家も、この河内山をみくびりすぎていやがるぜ」

河内山宗俊が図太い笑みをふくんだ。

「笹百合の定紋入りの袱紗と、南蛮歌留多の割符が河内山宗俊のふところに転がりこんできたからには、山吹色のお宝にしない手はねえやな。御数寄屋坊主の凄みってやつを存分にみせつけてやるぜ」

第四章　血風蛇切剣《じゃせつけん》

1

「ああ……」

三千歳はとろけるような声を洩《も》らすと、腰のくびれを淫《みだ》らに揺り動かした。くの字にひろげられた股の間に、越前屋甚兵衛がうずくまっている。三千歳は両手を夜具について、からだを支えている。

燭台の炎が、さらけだされた三千歳の局部をあからさまに映しだす。

越前屋甚兵衛は腹這いになって三千歳の股間に脂《あぶら》ぎった貌《かお》を寄せ、劣情でただれた眼で局部を舐《な》めるように凝視《ぎょうし》している。

甚兵衛の卑猥な視線を感じるのか、顔をそむけた三千歳のこめかみが嫌悪でこきざみにわなないていた。

恥毛のないむっちりした三千歳の局部は、切れ込みがはっきりしている。甚兵衛は薄紅色の切れ込みに指を添《そ》え、強く埋め込んだ。

「あっ、あっ、あぁ……」

三千歳が声をはなった。腰のくびれが電流に触《ふ》れたようにはげしくひくついた。

甚兵衛は、あざやかな色をみせてうるみとともにかがやいている珊瑚色《さんごいろ》の襞《ひだ》が、おのれの指をゆっくりと包み込んでいくさまを、くいいるようにみつめている
甚兵衛は局部に埋め込んだ指を微妙に抜き差ししながら、秘処の薄い花びらを舌でそよがせ、上端に顔をのぞかせている深紅の肉の芽を唇で吸った。

三千歳の声がとまらなくなった。敷蒲団についている両手の指がひろげられ、なにかを掴《つか》もうとするかのようにあたりをまさぐっている。

三千歳の官能をどうにも抑《おさ》えがたい怒濤《どとう》のようなものが衝《つ》きあげていた。無頼漢に凌辱《りょうじょく》されているような被虐《ひぎゃくてき》的な昂《たかぶ》りが脳を刺していた。

甚兵衛は局部を舐めつづけている。露《つゆ》をためている割れ目の熱いくぼみに唇をつけて、そこを強く吸いあげ、二枚の花びらを舌で左右に薙《な》ぎ伏せた。花びらは甚兵衛の唇の間で、ぬめるようにしてちぢみをのばした。

甚兵衛が赤い陰核に歯を立てた。

「ああ――」

三千歳の唇が絶叫の形にひらかれた。

露出した蘇芳《すおう》色の陰核は、すっかり膨《ふく》らみきってみずみずしく光っている。甚兵衛はそこを舌ではじき、咬《か》み、つよく吸った。

三千蔵は悩乱して、自分をうしなってしまった。必死に抑えようとしても、からだの芯からえもいわれぬ快感が湧いてでて、息も絶え絶えになっている。

甚兵衛は執拗に局部をむさぼっている。あたかも淫鬼にとり憑《つ》かれたかのようであった。舐められながら、三千歳は肢体をのたうたせながら、もだえた。三千歳の唇から洩《も》れるむせび泣くようなあえぎ声が、四畳半の閨房を埋めた。

やがて、甚兵衛は三千歳の股間から貌をあげ、跳ね起きるようにして立ちあがった。怒張したものを三千歳の顔につきだした。猛り立っているが、みすぼらしかった。小指ほどしかなかった。

三千歳は甚兵衛の陰茎をふくんだ。軟弱で、たよりなかった。みなぎるような男の活力が感じられなかった。

三千歳は凄艶な美貌を上下させて、甚兵衛の陰茎をしごきたてた。

させた。

渫《もら》す気配があって、甚兵衛は髪をつかんで三千歳を陰茎からひきはなし、四つん這いに
甚兵衛は背後から、三千歳とからだをつないだ。三千歳は蒲団を握りしめている。顔を
のけぞらして、しきりに短い悲鳴をはなった。乳房が重そうに揺れている。

ほどなく、甚兵衛が放出した。

三千歳は解放されたような気持で、夜具に横たわった。

幾許か経った。

甚兵衛は枕元の銀の提子《ひさげ》をとりあげ、口をつけて水をごくごくとのみくだした。

「三千歳、そなた河内山宗俊なる御数寄屋坊主を存じておるかの」

甚兵衛が訊いた。

「ええ。噂をよく耳にいたしますわ」

「いかなる奴だ」

「と、申しますと?」

「どでかいことをする肚《はら》のすわった悪党かと訊いておるのだ」

「ほほ」

三千歳が小さな笑い声を洩らした。

「将軍家御目見のご威光をかさにきて、やくざ者や博徒から小さなお金を巻きあげる小悪党でございますわ。だいそれたことなど、できるものですか」

「さようか」

甚兵衛は思案げに眉根を寄せた。

「浅草や上野、両国などの広小路を肩で風を切って闊歩《かっぽ》しておりますけど、根は肝《きも》っ玉《たま》がけし粒《つぶ》ほどもない小心者ですわ」

三千歳はからだを起こすと、甚兵衛の横顔をさりげなくうかがった。長い睫毛《まつげ》の陰の瞳が美しいけもののようにぬけめなく光っている。

「とるに足らぬ奴ということか」

甚兵衛は、いくらかほっとしたようであった。莨《たばこ》をつめた煙管《きせる》を莨盆の下の炭火にかざして火をつけ、一服する。

「越前屋のお大尽《だいじん》、このあいだ登楼《あが》られたとき、大切なものを掏《す》られたとおっしゃいましたが、どうなりました」

三千歳が濡れたような声で訊《き》いた。

「影月竜四郎という乞食浪人の手に渡ったわ」

甚兵衛がにがにがしげに口をゆがめた。

「それでしたら、わけをはなして、返していただけばよろしいじゃありませんか」

「相手は破落戸《ごろつき》まがいの不逞浪人だ。下手に出れば、法外なカネを要求するに決まっておる」

「では、どうなさるんです？」

「大切なものをとりもどして、闇から闇に葬《ほうむ》るまでだ。浪人が死んでも、奉行所は動かぬ。人間の勘定に入っておらぬのよ」

甚兵衛がしなびた顔に悪辣《あくらつ》な笑みをにじませた。

「影月竜四郎は稲妻の竜という異名をもつ凄腕だが、こちらも影月にひけをとらぬ浪人をかかえこんだ。折りを見て、始末させるまでだ」

「けれど、その影月とかいう浪人がお大尽の大切なものを持っていなかったら、どうなさるのです」

「なあに、影月は後生大事《ごしょうだいじ》に持っておるに決まっておる。浪人というやつは、カネになりそうなものに敏感じゃからな」

甚兵衛は枕元の盆をひき寄せると、銚子をとりあげ、ぐびぐびとラッパ飲みした。

「物盗《ものと》りの専門家を使って、神田三河町の影月の小家を物色させたが、どこにもなかったわ。もとより、影月に悟《さと》られるようなへまはせぬ。わしの大切なものを影月竜四郎が肌身につけているということじゃ」

甚兵衛が三千歳の乳房に手をのばした。三千歳がくすぐったそうに身をよじった。

「それで、お大尽は、大切なものが戻らなくても、大丈夫なのですか」

「取引に多少手間どるが、銭屋の大旦那に頭を下げて仲介してもらえば、なんとかなる。癪《しゃく》にさわるがな」

甚兵衛が三千歳の胸におおいかぶさって、乳房の谷間に貌を埋めた。


深夜。

ごろごろと鼾《いびき》をかいている甚兵衛の脇から這いだすと、三千歳は別棟《べつむね》の部屋に小走りにむかった。

部屋では、片岡直次郎が酒を飲んでいた。

「直さん」

三千歳は片岡直次郎にすがりついた。

「越前屋の旦那、しつっこいったらありゃしない。顔を見ているだけで、虫唾《むしず》が走るわ」

そういうと、三千歳は直次郎に口づけをせがんだ。直次郎は優しく応じ、三千歳の口をやわらかく吸ってやった。

直次郎との甘美で濃厚な接吻によって三千歳の気持はなごんだようだった。

「越前屋のお大尽、河内山の旦那のこと、根ほり葉ほりと訊くのよ」

三千歳がいった。

「それで、どうこたえたんだい」

「肝っ玉のちっぽけな小心者だといっておいたわ。だいそれたことなんか、できっこないって」

「それでいい」

直次郎は満足そうにうなずいた。

「ちょっと気になるんだけどね」

三千歳がかたいおももちで頰にからんだほつれ毛をかきあげた。

「越前屋のお大尽、腕の立つ浪人を雇って、稲妻の竜に挑ませるんですって。なんだかとても自信ありげだったのよ」

「なにをいいやがる」

直次郎はかるい笑い声を立てると、ぐい呑みの酒を旨そうに喉にながしこんだ。

「この江戸で、稲妻の竜と五分に渡り合えるのは、金子市ぐらいのものさ。どんな浪人が襲いかかってこようと、稲妻の竜が後れをとるものかい」

「なら、いいけど」

三千歳が直次郎の胸に顔を寄せた。

「ねえ、縁起直しに抱いてよ。いいでしょ」

三千歳が艶っぽい声でせがんだ。湿《しめ》り気をおびた吐息が直次郎の首すじにねっとりとまとわりついてきた。

直次郎の手が三千歳の胸の膨らみを包みこんだ。すぐに、三千歳の息が乱れはじめた。

2

影月竜四郎は三日ぶりに三河町の家にもどった。

「ふむ」

竜四郎はいぶかしそうに眉をひそめた。なにやら家の中がさわがしい。

玄関の障子戸を開け、土間に入った。

「お帰りなさい」

明るい声とともに、六畳間から由香里が走り出てきた。手拭《てぬぐ》いで髪をおおい、たすきをかけ、はたきを持っている。十五、六歳の木綿の着物を着た小女《こおんな》が廊下を雑巾がけしている。

「大家さんに家を開けてもらって、お掃除しているんです。もうすぐすみますわ」

由香里がにっこり笑った。

竜四郎はなんとなく面映《おもはゆ》い気持になった。由香里が押しかけ女房のように思えたのだ。

竜四郎は外に出て、四半刻《しはんとき》ほどそのへんをぶらついて戻ってきた。長い浪人暮らしで、暇をつぶすことには馴れている。

六畳間は、さわやかな風が吹きとおって、すがすがしかった。汗くさく垢じみた浪人の体臭《におい》はきれいさっぱり消えていた。

「いま、お昼ができます」

由香里は髪の手拭いをはずし、台所で入れたお茶をいそいそとはこんできた。茶受けの大根の切漬《きりづ》けが添えられている。

「どうぞ」

「すまぬな」

「いかがでしょう」

竜四郎は茶碗を口に運んだ。濃く熱いお茶が口の中にゆっくりひろがっていく。

「上等な茶だ」

「実家からもってまいりました」

由香里がすましていう。流行のしゃこ髷《まげ》に髪を結《ゆ》った顔にういういしい色香が匂ってい
る。帯を胸高に結んでもみじ模様の小袖がよく似合っている。

小女が食膳をはこんできた。

「お梅《うめ》と申します。あたしが雇いました」

由香里が紹介した。お梅が畳に顔をすりつけた。在所《ざいしょ》から出てきたばかりなのだろう、
純朴そのものといった娘だ。

膳にはさまざまな食べものが並んでいる。由香里が手みやげに実家から持ってきたのだ
ろう。

「いただこう」

竜四郎は鰺《あじ》のひらきを箸でとって口にはこんだ。

「おいしゅうございましょう」

「うむ」

脂《あぶら》がのっていて、すこぶる旨い。

腹が減っていた。朝めしぬきだった。

竜四郎はめしを三杯たいらげた。満腹であった。茶をのむ。なんだか倖せな気分だ。

「竜四郎さま」

由香里がくりっとした瞳を茶目っぽく動かした。

「湯島《ゆしま》あたりに出かけませんか」

「湯島？」

「『辰巳屋《たつみや》』という呉服屋がございます。そこで、お着物を買ってさしあげましょう。それとも、あたしの見立てではいけませんか」

「そんなことはない」

「では、決まりました」

由香里ははずんだ声でいうと、そそくさと腰をあげた。

「お梅、おかたずけ、たのんだわよ」

竜四郎と由香里は家を出た。寄り添って歩く。

小春日和《こはるびより》のあたたかな陽気であった。太陽が眩しくかがやいている。風はない。

由香里は姿勢がよい。背丈をすっきりと伸ばして、空気を払うようなさわやかさがある。

湯島までは、さほどの距離ではない。小一時間ほどだ。

湯島天神界隈《かいわい》はおだやかな陽気のせいもあり、ずいぶんとにぎわっていた。町人、武士、横町の隠居《いんきょ》、町娘、若い衆、職人、商家の内儀、いろいろな人々が往来している。ごろつきや汚れ浪人のたぐいも目立つ。

繁華街は物騒だ。昼間だからといって油断はできない。ならず者や飢えた狼浪人が眼をぎらつかせて、物陰《ものかげ》から獲物《えもの》を狙っているのだ。

いまは不景気の底である。巷《ちまた》には職をうしなった者や浪人があふれている。不景気になればなるほど治安が悪くなるのは世の常である。

竜四郎と由香里は湯島天神の石の大鳥居の前を通りすぎた。その様子を、深編笠をかぶった羽織袴《はおりはかま》の武士がじっと見守っていた。

『辰巳屋』はほどなくだった。

由香里は暖簾《のれん》をくぐり、番頭にあれこれ着物をださせ、いくつか、竜四郎に着せてみた。

「これがお似合いですわ」

由香里が選んだのは茶の地に濃藍の縦縞《たてじま》の入った粋《いき》な着物と、糸織りの広袖献上博多《ひろそでけんじょうはかた》の帯であった。

「袴とそれから、羽織は、いかがいたしましょう」

番頭が揉み手しながら如才のない笑みをうかべた。

「要らぬ。拙者は着流しが性に合うのだ」

竜四郎はそっけなくいった。どういう了見かはわからぬが、ほとんどの浪人がボロでも袴をつけている。

「では、お着物と帯をください」

竜四郎は店の奥で、真新しい着物に袖を通した。やはり、新品は匂いがいい。博多帯をきっちり帯める。身がひきしまる思いがする。

由香里が番頭に着物と帯の値を払った。いくらかは、わからない。が、少なくとも、四、五両はするだろう。

「殿方のお召し物は、上野広小路の多慶屋にとどけてください。仕立て直しに出します」

下町の娘は、きっぷはよいけれどこういうところはしっかりしている。母親を見て育つからだろう。

三軒隣りのはきもの屋に寄って、雪駄を買う。竜四郎の雪駄は底がどうしようもなくすり減っていた。

「散財させて、すまぬな」

竜四郎は礼をいった。別段、悪びれる風もない。浪人が金のないのは当たりまえなのだ。

「どういたしまして」

由香里は竜四郎の腕をとり、艶っぽい流し目で誘いかけた。

「そのかわり、出合茶屋で可愛がっていただきます。ねえ、よろしいでしょう」

下町の大店《おおだな》の娘は、あきれるほどあけすけで、大胆である。

池の畔に『月亭《つきてい》』という出合茶屋がある。竜四郎と由香里はそこへ入った。通された部屋は八畳間で、夜具がのべてあり、常夜行燈がともっていた。

「帯を解いてください」

由香里はうしろ向きに座った。

竜四郎は苦笑しながら由香里の帯を解いた。小袖が肩からはらりと落ち、あざやかな緋縮緬の長襦袢があらわれた。

「竜四郎さま」

由香里はふりむくと、からだを寄せ、すがりついてきた。瞳がうるんでいた。

竜四郎は由香里の肩を抱き、えりもとから手を差しいれた。若い張りをたたえた乳房の膨《ふく》らみが掌《てのひら》に吸いついてきた。磨きあげた象牙のようにきめがこまかかった。乳首をあやすように揉みあげる。豆粒ほどの乳首は、たちまち、しこったように固くなり、上向きにとがった。

「ああ……ああ……」

由香里が息を乱しはじめた。乳首に甘美な快感が湧きたつのだろう。長い睫毛がかすかに震えている。

竜四郎は昂《たかぶ》りにまかせて、由香里を夜具の上に横たえた。えりもとを大きくひろげる。爆《は》じけるような乳房がさらけだされた。乳暈《にゅううん》も乳首も、淡い桜色だった。

竜四郎は乳首に唇をおしかぶせ、つよく吸い、舌ではじいた。

「ううん、ううん、ううん」

由香里は息をはずませて竜四郎の頭を抱きしめ、自分の胸につよく押しつけた。そうしながら、由香里は細いうめきを洩らした。快美を訴えるうめきだった。

竜四郎は由香里を裸形にすると、自分も着物を脱いだ。由香里の肌は、深みに青みを潜《ひそ》めたような光沢をたたえていた。唇を這わせると、ほのかに脂《あぶら》がしみてゆくようなぬめりがあった。

由香里の肌には匂いがあった。梅の青い実を爪の先で削《そ》ぎとったような甘い匂いだった。

竜四郎は右手で由香里の乳房を包みこんだ。脇腹から掬《すく》うようにして揉みあげる。由香里の華奢《きやしや》な肩が小刻《こきざ》みにふるえだした。鼓動がはげしくなっている。肢体がうねる。

乳房を揉みながら、固くはりつめた乳首をつまみ、かるく引っ張った。乳房がするどい円錐状になり、乳暈がほんのり赤らんだ。

「あっ、ああっ、あっ」

由香里がかん高い声をはなった。鮮烈な快感が乳首から膚《はだ》の深部へ奔《はし》ったのだ。太腿と腰に力がはいり、からだがせりあがっていく。

竜四郎は乳房を包みこんだ掌を渦を描くように動かした。

由香里の顔に恍惚《こうこつ》の表情が浮かんでいる。甘いあえぎがぶつぎれに洩れる。彩雲《さいうん》の上で戯れているような気分なのかもしれない。

竜四郎は乳房を揉みながら、由香里の股間に顔を寄せた。息が柔《やわ》らかな恥毛にかかった。

「羞ずかしい」

由香里は両手で顔をおおった。

閉ざしている内腿をおしひろげ、秘処に掌をあてがう。秘処は熱気がこもっていて、掌がじっとり湿った。

秘処のきれいな淡紅色の割れ目に指を添わせる。

「あう」

由香里の腰が跳ね、からだが硬直した。秘処から百合の花のような甘く強い匂いがただよってくる。

竜四郎は割れ目の厚い肉壁を指で割り、浅く埋め込んだ。

由香里は腰をゆすりあげて、はげしくあえいだ。切れ込みの深みからぬるぬるした蜜《みつ》があふれ出てくる。百合の花の匂いがさらに強くなった。

指先が秘処の上端の豆粒のような赤い突起に触れた。

「あっ、あっ、ああ――」

由香里の唇から帛《きぬ》を裂くような悲鳴が尾を曳《ひ》いてほとばしった。鮮烈な快感が生じたのだろう。

竜四郎は由香里の両腿をかかげると、怒張した陰茎をゆっくりと秘処に挿入した。陰茎は力感をみなぎらせて押し進み、深奥に達した。腰を上下動させると、由香里は悲鳴をあげて、あっけなく失神した。

（他愛がない。まだ、こどもだ）

竜四郎は微笑した。由香里がなぜか、ひどくいじらしいものに思えた。

出合茶屋『月亭』を出ると、すでに夕闇がせまっていた。東叡山《とうえいざん》の森が暗く翳《かげ》り、西空が夕映えに染まっている。すぐそばの清水堂《きよみずどう》の工事場で、三十人ほどの日雇い人夫たちが、いくつかの焚火《たきび》をかこんでいる。

辻駕籠をひろい、由香里を乗せ、上野稲荷町の家まで送るようにいい、駕籠かきに酒代《さかて》をはずんだ。そのくらいの金はもっている。

竜四郎は池の畔沿《ぞ》いの道をぶらぶら歩きはじめた。この道は、御成街道《おなりかいどう》という。将軍が寛永寺に参詣《さんけい》する道だからだ。

（山之宿にでも寄るか、河内山か金子市がいるかもしれぬ）

竜四郎はあごを撫でた。吹く風が身を切るように冷たい。

「そつじながら」

呼び止める者があった。

竜四郎が振り向いた。深編笠の武士が近寄ってくる。羽織袴の身分卑《いや》しからぬ武士である。深編笠を外し、一礼した。

「影月竜四郎どのでございますな」

「そうだが」

竜四郎はいぶかしげに眉をひそめた。

「みどもは、羽州村山郡長瀞藩、米津家の目付、笹尾軍兵衛にござる」

笹尾軍兵衛は機嫌をとるような笑みを浮かべた。ひどく丁重な物腰であった。

「よろしければ、蕎麦でもすすりませぬか。お近づきのしるしに、一献《いっこん》さしあげたい」

「それは、ありがたい。小腹が減っていたところだ」

竜四郎は闊達《かったつ》に応じた。

近くの『松月庵』という蕎麦屋に入った。芝海老の掻き揚げの天ぷらそばが有名な蕎麦屋だが、一杯三十文と少々値が張る。

笹尾軍兵衛は隅の腰掛けに座り、天ぷらそばと酒を注文した。店内にはちらほらしか客がいない。

酒がきた。

「まずは一献」

笹尾軍兵衛は銚子をとりあげ、竜四郎のぐい呑みに酒を満たした。

「お強いそうでございますな」

笹尾軍兵衛は両手で刀を握る真似をした。

「さようなことはござらぬ」

「ご謙遜《けんそん》なさいますな。稲妻の竜と申す異名が、みどもの耳にとどいておるほどでござる」

「ただの虚名にすぎません」

竜四郎はぐい呑みをぐびりとふくんだ。

「ご流儀は？」

「抜刀田宮流を少々」

「田宮流でござるか」

笹尾軍兵衛は銚子をかざして酒をうながした。

抜刀田宮流は、上州岩田村の田宮平兵衛《へいべえ》重正《しげまさ》の編《あ》んだ流儀である。田宮平兵衛は正真正銘の剣客であった。腰を沈めつつ、抜刀し、相手の脾腹《ひばら》を斬り裂く、すさまじいまでの速さであったという。

竜四郎は信州高遠藩の城下で道場をかまえていた田宮平左衛門利信のもとで幼少より修行した。師・田宮平左衛門は幼い竜四郎を『眼が油断なく働いている』と、評した。反射神経がするどいという意味であろう。

田宮平左衛門はこどもの竜四郎に剣の天稟《てんぴん》を視《み》てとったのかもしれない。

「じつは」

笹尾軍兵衛はあたりをはばかるように声をひそめた。

「わが藩の脱藩浪人を斬っていただきたい。このとおりでござる」

卓に両の拳をつき、深々とこうべを垂れた。

「名は、毒島左膳と申す。長瀞の城下にて刃傷沙汰《にんじょうざた》を起こし、そのまま、逐電《ちくでん》いたしたのでござる」

「御藩主の命、つまり、上意討ちでござるな」

「いかにも」

笹尾軍兵衛が強い調子でうなずいた。

「毒島左膳は蛇切剣《じゃせつけん》という古法の使い手で、腕が立ちまする」

「なるほど、貴藩の藩士では太刀打ちできぬということですな」

竜四郎は頰をさすりあげた。

「藩士が脱藩浪人に斬られたなら、藩の面目が立たぬ、か」

「失礼とは存ずるが、些少《さしょう》ながら金子を御用意いたした」

笹尾軍兵衛がふところから金包みをとりだそうとした。

「待たれよ」

竜四郎は辞《じ》した。

「礼金は、あとでけっこう」

「お引き受けくださるか」

笹尾軍兵衛が眼をかがやかせた。

「拙者は見てのとおりの貧乏浪人だ。金はほしい」

竜四郎がいった。

「段取りをつけていただきたい」

蛇切剣に興味をおぼえたのだ。

聞いたことがある。突くとみせて、相手の太刀をからめあげ、空いた胴を斬りさばく。いわゆる、蛇胴《へびどう》である。立ち合う相手が最初の突きを虚《きょ》と知って胴にそなえれば、その一撃は瞬時《しゅんじ》に実《じつ》となり、電光のごとくに喉を突き刺す。

「礼金は立ち合ったのちにいただく。もとより、拙者が敗れたなら、礼金を払う必要はなくなる。よろしいな」

天ぷらそばがきた。

竜四郎は湯気のわいている熱いそばを旨そうにすすった。

3

柳橋《やなぎばし》の料亭『田鶴《たづ》』で、越前宇奈月郡、前田家の江戸留守居役市田六郎左衛門は、越前屋甚兵衛と酒を酌《く》み交《かわ》していた。

市田六郎左衛門の顔色は冴えない。小さな眼が、時折り、不安げに瞬《またた》く。紛失した定《じょう》紋《もん》入りの袱《ふく》紗《さ》のことが気に病《や》むのであろう。

「市田さま、あまりお気になさいますな。割符のことは、この越前屋がなんとでもいたします」

越前屋甚兵衛は狡猾《こうかつ》な笑みを眼のふちににじませると、酒瓶子をかざして、市田六郎左衛門に酒をすすめた。

「別室に、大川の水で肌をみがいた色香したたる柳橋芸者を御用意させていただきましたゆえ。なにもかもお忘れになり、柳橋芸者の肌を堪能《たんのう》なされませ」

「そのようなことは、どうでもよい」

市田六郎左衛門は苛立《いらだ》つような様子で酒盃をあおりつけた。

「元はといえば、越前屋、そなたがわが藩の定紋の入った袱紗を掏《す》られたことではないか。あの袱紗には、中野碩翁さまを通じて大奥に贈る白面の見本が仕込んであったのだぞ。そのことが露見いたせば、わが藩はただではすまぬ」

「滅多《めった》なことをおおせになるものではございませぬ。市田さま」

越前屋甚兵衛がしたたかな笑みを浮かべた。

「市田さまは、露見と申しましたが、一体、何が露見いたすのでございます。越前宇奈月郡三万二千石、前田家の定紋入りの袱紗に、南蛮渡来の怪しげな薬が入っていたことを、誰が証明いたすのでございますか」

越前屋甚兵衛は余裕《ゆとり》のある態度で盃をとりあげた。

「たとえば、中野碩翁さまや老中筆頭水野出羽守さまの敵対勢力である西丸老中水野忠邦さまの手に袱紗が渡ったなら、かなりの問題になるやもしれませぬ。されど、あの袱紗と割符を手にしたのは、野良犬のような浪人にございますぞ。浪人になにができましょう」

越前屋甚兵衛はずずっと音をたてて盃の酒を吸い込んだ。

「影月竜四郎なる浪人には、幾人もの見張りがはりついております。影月竜四郎の行動は、手にとるようにわかっておりまする。影月竜四郎がこちらの浮き足立つような動きをする様子はございません」

「だが、影月竜四郎なる浪人の背後には、御数奇屋坊主の河内山宗俊がおるというではないか」

「なんの」

越前屋は手を横にふると、喉の奥でかるい笑い声を洩《も》らした。

「河内山宗俊なる御数奇屋坊主は、将軍家御目見《おめみえ》の威光をひけらかせる、弱き者から金品を脅し取る小悪党にすぎませぬ。ただの小心者でございますよ」

「さようか」

市田六郎左衛門は眉間にかすかな縦皺《たてじわ》を刻んだ。

「諸藩の江戸留守居役連中からそれとなく聞きだしたところ、御数奇屋坊主の河内山は、敵にまわしたなら恐ろしい男だと口をそろえて申しておったわ。油断はなるまいぞ。尻尾《しっぽ》をつかまれて、河内山に強請《ゆす》られた藩も、いくつかあるそうじゃ」

「なんの」

越前屋甚兵衛が小馬鹿にするように薄笑った。

「河内山は将軍家という虎の威《い》を借る狐にすぎませぬ。なにもできませぬよ。なにしろ、こちらは幕府に権勢を張る中野碩翁さまと、これから累進なさる若年寄補佐役鳥居耀蔵さまをかかえておりますれば、恐いものはございませぬ。御数寄屋坊主ごときがですぎた真似をしたなら、ひねりつぶすだけにございます」

部屋は薄暗い。

灯皿《ひざら》の油が小さな音を立てて燃えている。

白綾の寝間着《ねまき》に着替えた市田六郎左衛門は夜具の中に横たわっていた。異様にうるんだ眼はその深みに狂気めいた青い炎をやどしている。なにか薬物でも服用しているのかもしれない。

すっ。

ふすまがひらいた。灯皿の炎が小さく揺れる。

「菊千代《きくちよ》にございます。添い寝をさせていただきます」

唐紅《からくれない》の長襦袢をまとった菊千代は、市田六郎左衛門の枕もとで一揖《いちゆう》すると、夜具のはしをめくって、しどけなく身を横たえた。越前屋甚兵衛がよこしただけあって、艶麗な美貌であった。長襦袢のえりもとをわずかにはだけた姿には、色香がしたたるばかりに垂《た》れ籠めている。

「菊千代」

六郎左衛門は菊千代の肩を抱き寄せると、もどかしげな手つきで、長襦袢のえりもとをはだけさせた。股間が暗く疼《うず》いている。眼には赤い劣情が燃えたぎっていた。

六郎左衛門はさらけだされた乳房の形を掌でなぞりあげた。乳房は手に余る豊かさだった。乳首が匂うような明るい色をみせている。乳暈《にゅううん》は広い。わずかにそこだけ盛りあがって見える。

六郎左衛門は横に形を崩している菊千代の乳房を中央に寄せた。雪のように白い胸に深い谷間が刻まれた。乳房は小さくはずみながら、ずしりとした重みで、六郎左衛門の掌を押し返してきた。

「ああ……」

菊千代が甘い吐息を洩らした。息がかすかにはずみはじめた。

菊千代の手が六郎左衛門の寝間着の裾前をめくりあげ、しなやかに股間にしのびこんでくる。器用に下帯を外し、勃起《ぼっき》しかけている陰茎をねっとりと握りこんだ。なまあたたかい陰茎にたちまち、力がみなぎりだした。陰茎を指ではさんで、ゆっくり、静かに擦《こす》りはじめる。

「うっうう」

六郎左衛門の喉がかすかにひきつった。濃密な快感が陰茎に湧き、徐々に軀の力を奪っていく。からだの芯に魔的な恍惚《こうこつ》感がうねりはじめた。

六郎左衛門は菊千代の乳房をきつく握りしめた。量感のある乳房が掌のなかで強い張りをたたえたまま、もだえるようにうねった。凝脂《ぎょうし》の照りかえった白い膨らみが指の間でつややかに光り、固くしこった薄紅色の乳首があらぬ方向に先を向けてこまかくふるえた。

六郎左衛門は一方の乳首に唇をおしかぶせ、はげしくむさぼった。舌をからみつかせると、しこった乳首が口の中で勢いよく首を振った。

「ああ、いい……、感じる、乳首、感じますの」

菊千代はあごをわずかに反《そ》らせて、陶然と口走った。甘美な喜悦が乳首からつぎこまれ、さざ波のようにからだにひろがっていくのだろう。

六郎左衛門は脂《あぶら》ぎった欲望の赴《おもむ》くままに、菊千代のからだを弄《もてあそ》びはじめた。

長襦袢と湯文字を乱暴にむしり取ると、菊千代の足を舐《な》めはじめた。すらりとした形のよい足だった。指を口にふくみ、一本一本、たんねんに吸う。左手は内腿をなぞっている。虫が這うような感じである。

菊千代は物狂いしたかのようにはげしいあえぎを洩《も》らしはじめた。足の付け根がするどい性感帯なのかもしれない。

市田六郎左衛門の脳裡《のうり》を炎が転がっている。どこともわからない軀の奥から生じた炎が、脳裡の闇に、業火《ごうか》のように燃え狂っているのだった。六郎左衛門は憑《つ》かれたように菊千代のなまじろい裸身にとりすがっている。

菊千代は敏感に反応している。絶叫の形にひらいた唇からほとばしる声や、不規則に波打つ腹の動きが、それを示している。

六郎左衛門の唇が、菊千代のふくらはぎから内腿に這いのぼっていく。

手が女陰に触れる。

「ああ――、ああ――」

鮮烈な快感が湧き起こったのか、菊千代は肢体をはげしくのたうたせた。腕に生えた金色の産毛《うぶげ》がそそけ立ち、腰のくびれと内腿が鳥肌立って慄《ふる》えた。

六郎左衛門は濃いしげみにおおわれた菊千代のむっちりしたふくらみを強く擦《こす》りあげた。肉の厚いふくらみだった。

菊千代は泣き声に似た声をあげて、腰を淫蕩《いんとう》にうねらせた。六郎左衛門の掌の下で、しげみが湿《しめ》った音を立てた。

六郎左衛門は菊千代の陰唇を指でひろげた。柔らかく深い割れ目だった。指の先に熱いうるみがねとねととからみついてくる。うるみは菊千代の内腿にまで及んでいる。

六郎左衛門は嗜虐《しぎやく》的な劣情にかられて、うるみにまみれた指で、割れ目を凶暴に下から上へさすりあげた。

菊千代の唇からかん高い悲鳴が散った。からだの中を鮮烈な戦慄《せんりつ》が走り抜けたのかもしれない。

六郎左衛門は指で局部の上端の深みに潜《ひそ》んでいた肉の芽を荒っぽく掘り起こした。双眼が発情したけだもののようにぎらぎら光っている。

六郎左衛門は露頭《ろとう》した菊千代の赤い肉の芽を指先で揉みあげながら、唇を内腿の付け根に押しつけた。

　菊千代は悩乱したようにあえぎつづけている。

　六郎左衛門は菊千代の股間を大きくひろげた。局部が眼の前にさらけだされた。濃い恥毛に囲まれた深紅のはざまが濡れかがやいている。六郎左衛門の指につままれた肉の芽はふくらみきって真珠のように光りながら、妖《あや》しくうごめいている。二枚の厚い花びらは、左右にひらいて、蝶の羽のように慄《ふる》えていた。

　六郎左衛門は菊千代の局部に脂光りした貌を埋めた。色情狂のようにただれた顔だった。

　とがらせた舌の先でうるみにまみれている割れ目を上下になぞる。

　菊千代は、はげしく息をはずませながら、甘え泣きのような声を洩らしつづけている。

　六郎左衛門の舌が、深紅の陰核の上で躍りはじめた。舌は肉の芽の下のかすかなくぼみを掘るようにからみつく。

「ああ――お殿さま、堪忍、堪忍してくださいませ」

　菊千代が金切り声をあげてのけぞった。白い下腹がはげしく波を打ち、かぶりが左右に振られる。つややかなくずし島田に結いあげられた髷が、がっくりと崩れ、ほつれ毛が二筋、三筋と頬にからみつく。

六郎左衛門は唇を陰核におしかぶせ、舌をからませながら、五本の指で蜜をしたたらせた局部を玩弄《がんろう》する。人差指が柔らかいはざまの周辺にうごめき、中指が局部の中に埋めこまれる。薬指が粘液にまみれた蟻《あり》の門渡《とわた》りをなぞりあげる。

「ああ――ああ――ああ――」

喉を切り裂かれるような悲鳴がほとばしり、菊千代の全身が粟粒《あわつぶ》だってわなないた。

「ああ、くる、くる、気がいくぅ!!」

菊千代は断末魔の形相で、こめかみあたりの髪を両手でわしづかみにした。脇腹にするどい痙攣《けいれん》が走った。同時に、菊千代の陰核のすぐ下のあたりから、透明な粘液があふれはじめた。それは、しげみを濡らし、内腿にしたたたっていった。

「お殿さま、お情けを……入れてくださいませ」

菊千代は泣き叫ぶような声をはなつと、膝を立て、小さく腰を浮かせて、六郎左衛門を迎え入れる姿態をつくった。

六郎左衛門は汗にまみれた菊千代の乳房を両手で握りしめると、息をはずませながら軀を重ねた。もどかしげな菊千代の手が股間に伸びてきて、六郎左衛門の怒張を秘処に導き入れた。

六郎左衛門はゆっくりと菊千代の胎内《なか》にぐり入り、奥に進めた。菊千代は下から内股を絡《から》めつけてきて、腰をはげしく揺すりたてた。

そのすざまじい情交の光景を天井裏から凝《じっ》とうかがっている者があった。

暗闇の丑松である。丑松は越前屋甚兵衛をずっと尾《つ》けまわしていたのだった。

4

吹上《ふきあげ》の庭に山茶花《さざんか》が薄紅色《うすべにいろ》の花をいっぱいにつけている。今年は、冬が足早におとずれそうな気配だった。

江戸城の廊下を、御数寄屋坊主の河内山宗俊が大柄な軀を縮めて渡っていく。顔はうつむけたままだ。坊主頭がてかてか光っている。

河内山宗俊は表御殿《おもてごてん》の「上之部屋《かみのへや》」の方に歩を進めていく。大名や旗本大身とすれちがうと卑屈に身をかがめて会釈《えしゃく》する。

上之部屋は老中の執務室である。その右隣りに、中野碩翁の御用部屋があった。

中野碩翁は、将軍家顧問で、権威は老中より高く、重みもある。中野碩翁が老中の政策に口をはさむことは、ほとんどない。老中筆頭の水野出羽守が政策を事前に耳打ちするからである。すなわち、水野出羽守と中野碩翁は気脈を通じているのだ。

中野碩翁の権勢ゆるがざるのもうなずけようというものである。

中野碩翁は六十半ばで、髪は白い。老い錆《さ》びた顔は老獪《ろうかい》で、皺《しわ》に埋《うず》もれた眼のふちのあいだから洩れるかがやきは、異様な熱をおびている。権力へのあくなき執着のあらわれであろう。

中野碩翁の御用部屋に、狷介《けんかい》な顔をした痩せぎすの男が座し、碩翁と顔を寄せ合うようにして密談している。

若年寄補佐役、鳥居甲斐守耀蔵であった。若年寄補佐役とは、臨時に設けられた役職で、目付を支配し、若年寄を補佐する。すなわち、旗本、三百諸侯に睨みを利かす恐い存在なのである。鳥居耀蔵に睨まれたなら、五万石以下の小大名は、たちまち、国替《くにがえ》、減《げん》封《ぽう》、さらには取潰《とりつぶ》しなどの憂目《うきめ》に遭《あ》うであろう。

「越前宇奈月郡三万二千石の前田隼人正利次《はやとのしようとしつぐ》でありまするが、先日、碩翁さまの高輪のお屋敷に紫磨黄金《しまおうごん》を一箱贈ったよしにございますぞ」

鳥居耀蔵は粘《ねば》り声でいうと、酷薄そうな眼を怪しく動かした。

「前田隼人正は加賀百万石前田家の親戚筋じゃな」

「はい、加賀どのの弟君にござる」

「殊勝な者よな。江戸留守居役が気の利《き》く奴なのじゃろう?」

中野碩翁が威厳をふくんだ寛容な笑みを皺の多い顔にうかべた。

「これをご覧くださいませ」

鳥居耀蔵が持参した手文庫を中野碩翁の前に差しだし、蓋を開けた。中に、守り袋ほどの布袋がぎっしりつまっていた。おびただしい布袋は朱、黄、緑、青、紫と五色にきちんと色分けされていた。

「お試しになりまするか」

鳥居耀蔵は怪しげな眼つきでふところの懐紙を前にひろげた。朱色の布袋を手文庫の中からとりだすと、懐紙の上で逆さにした。布袋の中からさらさらした白い粉がこぼれだし、懐紙の上に小さな山を盛りあげた。

耀蔵は脇差の小柄を抜きとると、白い粉をさらに細かく刻み、その粉を線状に長く伸ばした。

「碩翁さま、一方の鼻の穴を押さえまして、鼻の穴から粉を吸い込みなさいまし」

鳥居耀蔵が薄く笑いながらうながし、懐紙を両手で高くかかげた。

碩翁は鼻の穴を粉の線に寄せると、一方の鼻の穴を指で押さえ、一気に吸い込んだ。

シュルシュル、シュルシュル。

白い粉はほとんど一瞬のうちに碩翁の鼻の穴の奥深く吸い込まれていった。

碩翁は眼を閉じていく。鼻孔の粘膜を刺すするどい刺戟が電光のような速さで脳を突き抜けていった。

「うむ」

ややあって、中野碩翁は満足げに口もとをほころばした。

「まことに上等の白面だ。お美代の方さまも、お喜びになられよう」

「それが、先方の手違いで、荷が十日ばかり遅れるということでございます」

鳥居耀蔵がいった。

「なにぶん、海を渡ってまいる船のことにございります。なかなか予定通りにはまいりませぬ」

「よい、よい」

碩翁は鷹揚《おうよう》に手をふった。

「わしがお美代の方さまとお会いいたすのは、この暮じゃ。それまでに手許《てもと》にとどけばよい」

「碩翁さまにお試しいただいた白面はシャム産のものにて、これは、越前屋いがいに入手できませぬ。お美代の方さまにおかれましては、そのあたりの事情を勘案《かんあん》なされ、なにとぞ、越前屋に大奥御用をお申しつけくださるようお願いいたしまする」

鳥居耀蔵がうやうやしくこうべを垂れた。

銭屋の惣番頭の甚兵衛が、惣番頭を兼ねながら越前屋を興し、急速に発展させたのは、シャム産の白面の入手ルートを独占しているからにほかならない。

お美代の方が将軍家斉の寵《ちょう》を得ているのも、シャム産の白面《ヘロイン》や大麻、茶羅須《ちゃらす》といった麻薬類を常備しているからである。

ともあれ、さまざまな麻薬や媚薬《びやく》のたぐいが大奥に蔓延《まんえん》しているのは、ひそかな事実であった。

「ふむ」

鳥居耀蔵の眼にいぶかるような色がやどった。すばやく手文庫の蓋《ふた》を閉じる。

「おそれながら」

へりくだった声とともに、御用部屋の戸がひき開けられた。廊下で、坊主頭がうやうやしく平伏する。

「河内山、お茶を持参いたしましてございまする」

「うむ」

中野碩翁が尊大にうなずいた。

河内山宗俊が畳に額をすりつけんばかりに背中を丸めて御用部屋に身を入れ、鳥居耀蔵と中野碩翁ににじり寄り、茶を置いて去った。

御用部屋の戸を閉めた河内山宗俊の魁偉《かいい》な容貌《ようぼう》に図太《ずぶと》い笑みがにじんだ。

この御数寄屋坊主は御用部屋の戸口でじっと聞き耳を立てていたのである。河内山という男は、全身が聴覚でできているかと思えるほどに耳が聡《さと》い。通常人の三倍は聴覚がするどいだろう。

「鳥居耀蔵の妖怪め、越前屋から白面や麻薬のたぐいを仕入れておるわ」

河内山宗俊はくえない笑みを浮かべつつ、茶所へ行って茶を立て、その茶をしずしずと柳《やなぎ》之間《ま》に運んでいった。

柳之間は、三位以外の外様国持大名および高家の控の間であった。

江戸城においては、大名では家の家格、官僚の場合は、役職の上下によって、登城時の着座場所および控の間（執務部屋）がきびしく定められているのである。

柳之間の右奥の卓の前に前田隼人正利次が背筋をピンと立てて座していた。加賀百万石の三男として生まれただけあって、容貌に育ちの良さがあらわれている。とはいえ、さほど切れ者という感じはしない。どこにでもいそうなありきたりの藩主である。年の頃は三十半ばか。

「前田さま、お茶をお取替えいたしまする」

河内山が平伏して立てたばかりの茶を前田隼人正の脇に置き、空の茶碗を下げた。

「うむ、ご苦労」

前田隼人正利次が卓上の書類から顔を上げた。

視線が合った。

「御数寄屋坊主の河内山宗俊めにござりまする」
河内山宗俊の大きなあくの強い眼がぎょろりと動いた。思わずぞくっとするほど我意強烈な眼であった。

5

影月竜四郎、金子市之丞、暗闇の丑松の三人が浅草広小路の繁華街をひさご通りに向かって歩いていく。
今日も浅草広小路は繁華であった。芝居小屋、見世物小屋、講釈師の小屋、手妻《てづま》（手品）、曲芸の小屋などがずらりと並び、それぞれの小屋の前には、熨斗幟《のしのぼり》が幾竿《いくさお》となくひるがえっている。菊人形やビードロ細工の見世物小屋では、すでに囃子《はやし》を打ち出している。

浅草広小路は、浅草寺の観音堂に参詣《さんけい》した客で、いつも、おおいににぎわっている。これも、観音菩薩《ぼさつ》の御利益というものであろう。

膏薬《こうやく》売りの大道芸もさかんだ。蝦蟇《がま》の油売りの居合抜き、蛇使い、猿まわしなどが黒山の人だかりをつくっている。

「昨夜、越前宇奈月郡の前田家の江戸留守居役で、市田六郎左衛門って侍が、芸者の菊千代に挑みかかっていく一部始終を天井裏からのぞかしていただいたが、いやはや、腰をぬかすほどすさまじいものでしたぜ。まるで、さかりのついた狒々《ひひ》だ」

暗闇の丑松が顔をひきつらせるようにしていった。

「卑猥《ひわい》とか淫猥《いんわい》とか、そんななまやさしいものじゃねえ、常軌《じょうき》を逸《いっ》しているというか、市田六郎左衛門って野郎は、地獄の淫鬼そのものでしたぜ。とてもじゃねえが、まともな人間のすることとじゃねえ」

「その市田六郎左衛門って江戸留守居役は、おおかた、おのれを猛り狂わそうとして、南蛮渡来の媚薬でも、たらふくかっくらったんだろうよ。唐土やシャムには、人間をけだものに豹変《ひょうへん》させる麻薬があるそうだからな」

金子市之丞がするどく冴えた顔で皮肉めいた笑みをにじませた。

「越前屋ってのは、シャムに特殊なつてを持っていやがるらしいのさ。つまり、シャムからの抜荷（密輪品）を独占しているのよ。そのおかげで、越前屋の暖簾《のれん》をかかげてわずか数年だってのに、老舗《しにせ》の葦田《あしだ》屋や北海屋にせまるまでの廻船問屋に急成長したってわけだ。越前屋にとってみれば、シャムのつてこそが金の実《な》る木《き》、いいかえりゃ、命綱《いのちづな》ってことよ。シャムのつてを断ち切られたら、日の出の勢いの越前屋もたちどころに左前になり、軒が傾いちまうだろうぜ」

金子市之丞が鼻先でせせら笑った。この拗《す》ね者には、シャムの抜荷でしこたま儲けている越前屋が面白くなく映るのだろう。

「越前宇奈月郡の前田家は、越前屋とどのように関わっているのかね」

影月竜四郎が腑《ふ》に落ちなげに眉を曇らせた。

「金主《きんしゅ》だって話ですぜ」

丑松がいった。

「甚兵衛が日本橋の久松町に店をかまえる費用を宇奈月郡の前田家が用立てしたんでさ。同郷のよしみでね。そのかわり、前田家の江戸留守居役は、シャム産の麻薬を越前屋からいただくってわけです。その麻薬は裏から大奥や、さまざまな方面に流れていくんでしょうぜ」

丑松が喉の奥で、へっへへっと笑った。

「そのあたりのことは、河内山の大将が殿中《でんちゅう》で聞き耳をたてていなさるでしょうよ。なにしろ、あの旦那の自慢は、耳がいいことですからね。地獄耳ってやつでさ」

「河内山は、得意の強請《ゆす》りをたくらんでいるとか」

「たぶんね」

丑松が脂《あぶら》っぽい笑みを目もとににじませた。

「稲妻の竜の旦那が左肩の傷とひきかえに強請《ゆす》りの種を届けてくれたんです。河内山宗俊ともあろう御人《おひと》が、強請りの種を種のままにしておくはずはありませんや」

「で、誰を強請ろうとしているんだい」

「そいつは、河内山の大将の胸三寸でしょうぜ。強請り相手は、けっこうおりやすからね」

丑松がにやにやしながら懐《ふところ》手《で》で口笛を吹く真似をした。

眼の前を、おかっぱ髪にきらきらした髪飾りをつけた愛くるしい少女が爺さまに手をひかれて歩いていく。爺さまは紬《つむぎ》の着物に羽織をはおっている。ゆとりのある顔は、大店の大旦那のものにちがいない。

いきなり、四、五人の汚れ浪人が突風のように爺さまと孫娘に肉薄してきた。浪人の一人が孫娘の髪をつかんでひきさらった。

「きゃあ!!」

孫娘が悲鳴をあげ、火のついたように泣きだした。

浪人は眼を血走らせながら、刀をぎらりと抜きはなち、孫娘の首筋にあてがった。腰をぬかしかけている爺さまを浪人どもがとりかこんだ。飢えた狼のような連中であった。

「爺い、ふところの財布を出せ。孫娘の生首が宙に撥ね飛んでもよいのか!!」

浪人が眼を三角にしてわめきあげた。

刹那《せつな》、竜四郎が猛然と地を蹴り、腰を沈めつつ、浪人に驀進《ばくしん》した。

「斬《とう》!!」

竜四郎の利刀が鞘走り、稲妻のようにひらめき奔《はし》った。

ずば!!

刀を握っていた浪人の手首が切断され、血しぶきを散らして宙に撥ね上がった。

鳥肌立つようなすさまじい居合い斬りである。抜刀田宮流の真骨頂というべきか。

「ううっ」

浪人が断ち切られた血汐のほとばしる手首を左手で握りしめてうずくまった。孫娘が地べたに投げだされた。すかさず、竜四郎が左腕で孫娘を抱きかかえた。

啞然《あぜん》としていた浪人どもは、竜四郎の気迫に肝を潰《つぶ》し、蜘蛛《くも》の子を散らすように近くの路地へ駈けこんでいった。

「こいつを番所へ突き出すがいいや」

丑松が右手首をうしなった浪人の腰を蹴りとばし、とりかこむ野次馬たちに得意げにいいはなった。

竜四郎は孫娘を爺さまの手に渡した。

「おっつけ、八丁堀の役人が十手をかざして駈けつけてくるだろう。ありのままを話されよ」

そういうと、竜四郎は金子市之丞と肩を並べてすたすたと歩み去っていった。脛《すね》に疵《きず》を持つ身だ。叩けばすくなからず埃《ほこり》がでる。町方役人と関わりたくないのだ。

その竜四郎を野次馬どもにまじって見つめている者があった。野分の熊蔵という無頼漢である。

6

鎌倉河岸の喜《き》右《え》衛門横町《もんよこちょう》に、野分の熊蔵の家がある。六畳が三部屋、四畳半が一部屋、それに土間がある。貧乏長屋や古ぼけた小家のひしめく鎌倉河岸では大きい家の部類に入るだろう。

奥まった六畳間で、野分の熊蔵が長火鉢の前にあぐらをかいている。熊蔵の前に粗野な面つきの二十五、六のごろつきが神妙に両膝をそろえて座っていた。狐《きつね》の瓢六《ひょうろく》という遊び人で、熊蔵の子分だ。

「瓢六、一杯やんな」

野分の熊蔵は五合徳利を両手でかざして、湯呑みに酒をどぼどぼとついだ。長火鉢の上に載った鉄瓶《てつびん》がシャンシャン音を立てている。

「こいつは、どうも。貸元、ご馳走《ちそう》になりやす」

狐の瓢六はさもしげなへつらい笑いを口もとににじませると、湯呑みを両手でにぎっておしいただき、ぐびりと喉に流し込んだ。

「影月竜四郎って乞食浪人、まったく凄え腕をしていやがる。見ていて、肝が縮んじまったぜ」

熊蔵が無精ひげがまばらに生えたあごをいわくありげにさすりあげた。

「うちの毒島左膳のセンセイ、影月の野郎に勝てるだろうか」

「野分の貸元、毒島センセイはべらぼうに強いですぜ。貸元も知ってるじゃありませんかか」

「まあな」

熊蔵が湯呑みを口にはこんだ。

「竜四郎の奴、上野広小路の多慶屋の跳《は》ねかえり娘とよろしくやっているが……」

熊蔵の切れ長な眼が卑劣そうな光をやどした。

「とにかく、毒島左膳を竜四郎に差し向けなけりゃな。なにがなんでも、竜四郎の奴から越前屋の旦那が擦られたものを奪い返さなけりゃならねえんだ」

熊蔵が湯呑みの酒をぐっと飲んだ。角張った浅黒い顔が殺気立つようにわなないた。

影月竜四郎を子分どもに見張らせているが、腕を知っているだけに、おいそれとは襲えない。挑ませる浪人どもが竜四郎に斬り殺されるのはかまわないが、雇うにはそれなりの金がかかる。一人一両として、浪人を五人そろえれば、五枚の小判が要る。いくら気前のいい越前屋でも無尽蔵《むじんぞう》に金をくれるわけではないのだ。

「とにかく、はやいとこ毒島左膳のセンセイに稲妻の竜をぶったぎってもらわなければ、出ていく金がとまらねえんだ」

熊蔵がにがにがしげに奥歯を噛み鳴らした。

「野分の貸元!!」

わめきながら土間に走りこんできたのは、猿《ましら》の三次《さんじ》という子分だった。猿の三次は竜四郎を尾《つ》けまわしていたのである。

「稲妻の竜の野郎が片岡直次郎という御家人崩れの遊び人と高橋《たかばし》の泥鰌屋《どじようや》で、腰を据えて飲んでやがりますぜ」

猿の三次が上がりかまちに両手をついて、叫ぶようにいった。

「高橋の泥鰌屋か。あのあたりは、この時刻、人通りがほとんどねえ」

野分の熊蔵の眼が暗い凄みをはらんだ。

「瓢六、毒島左膳のセンセイはどこにいなさるんだ」

「まちがいなく、恵比寿横町の岡場所ですぜ。毒島センセイ、お由紀《ゆき》って女郎にぞっこんなんで」

狐の瓢六が貧相な顔に下卑た笑みをにじませた。

「まったく、さかりのついた犬みてえなセンセイだぜ」

熊蔵がおもつきをにがくした。

「瓢六、恵比寿横町の岡場所へすっとんでいけ。毒島左膳のえりくびをつかんで女郎屋の布団の中からひきずりだすんだ」

熊蔵が湯呑みの酒をあおりつけた。

「毒島左膳には月二両ものお宝を払っているんだ。二両分の仕事をきっちりとしてもらうぜ」

恵比寿横町の岡場所の三畳間の情交と汗の臭《にお》いが染みついた煎餅布団《せんべいぶとん》の上で、毒島左膳はお由紀の痩《や》せたたよりないからだを執拗に舐《な》めまわしていた。

吉原の大口屋で血涙《けつるい》のにじみでるような屈辱を味わわされて以来、毒島左膳は異常なものにとり憑かれ、恵比寿横町の岡場所にいりびたり、女郎を買いまくっているのだった。

お由紀はこれまでに三度、買った。今夜が四度目であった。別に気に入ったわけではない。ただなんとなく、『お由紀』と書かれた角行燈《かくあんどん》が戸口の柱にぶら下がっている女郎屋に足が向いただけの話だった。

「ああ……ああ……」

お由紀は恍惚《こうこつ》の表情をうかべながら、甘いあえぎ声を洩《も》らしている。痩せた青白い裸身が淫蕩《いんとう》にうねる。よろこびにふるえるからだに、女の情念があぶりでているかのようであった。

左膳はお由紀の乳房に吸いついていた。乳首を吸い、一方の手で乳房を握りしめている。みひらいた双眸が鬼火《おにび》でもやどっているように赤い。

左膳の貌が乳房からお由紀の下腹部に這いおりていく。左手がお由紀の臍《へそ》のあたりの肉を掴《つか》みしめている。右手が股間をおしひろげる。

「ああッ、ああ……」

お由紀が泣き声を立てた。

左膳が内腿の間に貌を埋めた。お由紀の秘処は異臭をただよわせていた。冷や飯のような、饐《す》えた不潔な臭いだった。お由紀のような恵比寿横町の岡場所の女郎は、湯につかるぜいたくなど許されないのである。

左膳はお由紀の秘処を舐めている。陰唇を指でひろげ、舌で深みにさぐりをいれる。膣の粘膜の奥から熱気とうるみの気配がつたわってきた。異臭を気にするような男ではなかった。

左膳は局部の上端の茶色くくすんだ陰核を掘り起こすと、唇をおしかぶせ、はげしく吸いあげた。

「あっあっ、あっ、ああ――」

お由紀がかん高い悲鳴をあげ、歯ぐきに唾液の泡《あわ》をたぎらせて、かぶりを左右に振りつづけた。快感がざわざわとつきつのってくるのだろう。ほどなく、こわばった軀《からだ》に痙攣のようなわななきが走り、お由紀は白目を剝いて硬直した。

果てたのだ。

毒島左膳はお由紀の股間から顔をあげた。唇を粘液でべとつかせた頰のこけた貌は、地獄草紙の亡者のように陰惨だった。

左膳は立ちあがると、お由紀の崩れた髷をつかんで乱暴にからだをひき起こし、顔に股間の怒張をおしつけた。

お由紀は猛り立った左膳の陰茎を呑みこんだ。両手でふぐりをさすりあげた。口の中が男のものでいっぱいになった。お由紀は夢中で顔を上下させた。

「先生、毒島先生」

岡場所の戸口がはげしく叩かれた。

「仕事でさ。相手が高橋の泥鰌屋で飲んでいやがるんです」

お由紀がおびえるように股間から跳《と》びはなれた。

「わめくな。聞こえておるわ」

左膳は顔面をわななかせて怒鳴りかえし、下帯をつけ、煮しめたような黒羽二重の着物に袖を通した。木綿縞物の袴をつけ、差し料をずかりと腰に差しこんだ。

幽鬼のような顔に異常な殺気がこもる。まさに、殺人鬼の貌であった。

「ほれ。なにか買って食え」

左膳は着物のたもとから一朱をとりだすと布団の上にほうり投げ、戸を開けて外へ踏みだした。

狐の瓢六と猿の三次が待っていた。

「先生、急いでおくんなさい」

猿の三次が尻っぱしょりで駈けだした。瓢六と左膳がつづく。

三人を恵比寿横町の物陰から見守っている頬隠《ほおかく》し頭巾をつけた武士があった。その武士は若い侍をつれていた。

7

影月竜四郎は七輪《しちりん》をはさんで片岡直次郎と向かい合っている。七輪の上には小ぶりの鉄鍋が載っていて、ぐつぐつ煮えている。

泥鰌なべである。丸のままだしを張った鍋に入れ、葱《ねぎ》を盛りあげるのが一般的だが、竜四郎は泥鰌を三枚におろし、それに豆腐《とうふ》、シイタケ、葱を入れて煮たサキのほうが好きだった。

泥鰌を丸のまま煮るマルは小骨がひっかかって食べづらいのである。

「稲妻の竜、飲め」

直次郎が肩をいからせて銚子をかざす。かなり酩酊《めいてい》している。前には空《から》の銚子が十本近く並んでいる。

竜四郎は直次郎に酒をつがれたぐい呑みを口にはこんだ。旨い酒である。いくらでも飲める。

「まったくもって、どうしようもねえ世の中だぜ」

直次郎が目がしらをこすりながら口もとをゆがめた。幕府への不平不満が腹の中につまっているのだろう。

「水野出て元の田沼になりにけりだ。幕政の腐敗堕落を糾弾《きゅうだん》した松平越中守《まつだいらえっちゅうのかみ》が寛政《かんせい》の改革に着手したまではよかったが、十一代将軍家斉公が将軍の座につくや、あっけなく元の木阿弥《もくあみ》になっちまいやがった。家斉公の側近から成り上がった水野出羽守が老中筆頭になるやいなや、賄賂《わいろ》賄賂の田沼時代に逆もどりだ。ふざけるんじゃねえや」

直次郎が毒づく。眼がすわっている。口調は満足に呂律《ろれつ》がまわっていない。

「水野出羽守をはじめ、老中、若年寄、大目付といった幕閣は、商人《あきんど》どもに賄賂漬《づ》けにされちまい、大奥と、江戸城の三妖怪、一橋治済、島津重豪、中野碩翁の顔色ばかりをうかがってやがる始末だ。そんなことだから、世の中に不景気風が吹きまくっているのよ。旗本だ、御家人だと腰に二本ぶっ差してふんぞりかえっていても、内実は娘を大商人《おおあきんど》の妾《めかけ》にしたり、吉原に叩き売ったりしなければならないほど困窮《こんきゅう》しているのよ。べらぼうめ。なにが侍の世の中だ。贅沢三昧しているのは、抜荷や高利貸しでしこたま儲けているタチの悪い商人ばかりじゃねえか」

「直さん、そろそろ、お開きにしようじゃないか。それこそ、足がもつれて歩けなくなるぜ」

竜四郎は直次郎をうながして腰をあげた。勘定を払う。二分で釣り銭がきた。それほど高くはない。

泥鰌屋の格子戸を開けて、外へ出る。ひんやりした夜風が首筋を撫でて吹きぬけていく。

夜空は満天の星であった。十三夜の月が晃々《こうこう》と照りかがやき、まわりいちめん、蒼の世界だった。

竜四郎は腰のふらつく直次郎を支えて歩をすすめていく。直次郎は泥酔状態だ。浅草・山之宿までだいぶある。表通りで辻駕籠を拾うしかなさそうだ。

「おい」

声がかかった。殺気がこもっている。

竜四郎の眉がけわしく寄った。左手がすばやく利刀の鯉口を切る。

高橋のたもとの松の幹の陰から浪人がのっそり立ちあらわれてきた。

「影月竜四郎だな」

「いかにも」

「死んでもらう」

浪人は一歩ふみだし「うっ」と、驚愕《きょうがく》の声を発した。視線をはったと片岡直次郎に据える。

「貴様、鶴川柳次郎ではないか!!」

毒島左膳は叫びをあげると、衝動的に大刀を抜きはなった。

「鶴川柳次郎、ここで会ったが百年目だ。地獄へ蹴り落としてくれるぞ」

「わっわっ、わっ」

片岡直次郎は戦慄《せんりつ》し、棒立ちになった。二本差しているが、腕のほうはからきしだった。

「覚悟!!」

毒島左膳は片岡直次郎に肉薄するや、全身からすさまじい殺気をほとばしらせて、火を噴くような斬撃《ざんげき》を送りこんだ。

剣戟《けんげき》が憂然と鳴った。

とっさに、直次郎をかばった竜四郎が左膳の激烈な一撃を利刀ではっしと受けとめたのだった。

刀身と刀身がはげしく嚙《か》み合い、火花が散った。

竜四郎は相手を突きはなすと、すかさず跳び退って地摺《じず》り下段に利刀をかまえた。ぴたりと腰がきまった。

月光が毒島左膳の痩軀に降りしきる。逆八双《ぎゃくはっそう》にかまえた左膳の刀身が月光を吸って夜光虫のように光る。軀に凶暴な戦慄《せんりつ》が走っている。鶴川柳次郎と出くわすとは、夢にも思っていなかったのである。怒りと昂奮で全身の血が沸騰《ふっとう》している。

鶴川柳次郎を殺すには、前面の敵である影月竜四郎を斬り倒さなければならない。

左膳は呼吸を測りつつ、摺《す》り足で二歩、間合いを詰めた。気持ちにかなりの余裕があった。技倆の違いではないが、相手を呑んでいた。負ける気がしない。こんなところで死ねば、それこそ犬死である。憎き鶴川柳次郎の素っ首を斬り落とさなければ、死んでも死にきれない。

左膳の頰の削《そ》げた貌に陰惨な笑みがにじんだ。幾度も修羅場をくぐってきた。人も数知れず斬った。

「きええい!!」

左膳は猛然と踏み込むや、竜四郎の喉笛めがけて必死の突きを入れた。虚が実となり、実が虚となる蛇切剣《じゃせつけん》である。

白刃が流星のように相手の喉笛へせまった。同時に、竜四郎が撥ね上がり、左膳の蛇切剣をはじき飛ばした。すさまじいまでの速さであった。刃身が夜気を裂いて、笛のような音を立てた。

「斬《とう》!!」

竜四郎は返す刀で相手の右肩を斬り裂いた。左膳の啞然《あぜん》とした一瞬の隙《すき》を突いたのである。

左膳はがくりと左膝をついた。おのれの軀から力がぬけていくのをおぼえて、狼狽《ろうばい》し、肚《はら》に力を入れようとした。瞬時に、頭の中が朦朧《もうろう》と霞《かす》みはじめた。

(おれも、これで終わりか……)

左膳は胸でつぶやいた。せめて鶴川柳次郎にひと太刀浴せたかった。

刀を杖《つえ》にしてよろめく軀を支えた。割られた右肩から流れる血が着物を濡らす。生血とはなまあたたかいものだ。

視力が薄れ、脳が白濁《はくだく》していく。軀が妙に軽いのは、血が大量に流れ出たせいだろうか。

毒島左膳はおのれの血の匂いを嗅ぎながら、どうと地べたに倒れこんだ。

「おみごと!!」

二人の武士が物陰からあらわれ、息をはずませながら竜四郎に駆けつけてきた。若い武士が倒れている毒島左膳にかがみこんだ。

「笹尾軍兵衛にござる」

武士が頬隠《ほおかく》し頭巾《ずきん》をとり、破顔した。

「先日、貴殿に殺害を依頼したのは、この毒島左膳にござる。みどもは、配下の武藤平三郎とともに毒島左膳の動向を監視しておりました。それが、このようになるとは、まさに天《てん》の配剤《はいざい》と申すものでござる」

笹尾軍兵衛はふところから布包みをとりだして、竜四郎におしつけた。

「わが藩は小藩ゆえ、さほどに礼金をだせませぬ。十両でご勘弁いただきたい」

笹尾軍兵衛が申しわけなさそうにこうべを垂れた。

片岡直次郎は凄絶な斬り合いに、すっかり酔いが醒《さ》めてしまったようだ。まっ青になって、こまかく膝がしらを震わせている。

武藤平三郎が刀をぬいて毒島左膳の首を落としにかかった。首に刃をあてがい、顔を紅潮させて、鋸《のこぎり》のように切っている。だが、首はなかなか切り落とせるものではない。武藤平三郎は血だらけだ。

白い肉がめくれあがる。首の骨がある。刃を力まかせに叩きつける。

竜四郎は刀刃の血を懐紙で拭い、鞘に収めた。

「では、拙者はこれにて」

笹尾軍兵衛に会釈する。

「貧乏浪人には、十両の礼金、大いに助かる。ありがたく頂戴《ちょうだい》いたす。ご免」

竜四郎は月光の照りつける夜道を悠然と立ち去っていった。片岡直次郎があわててあとを追う。

「直さん、あの毒島左膳と申す浪人を存じておるか」

「いや、知らぬ。記憶にない」

片岡直次郎が首をひねった。

「おおかた、おまえさんが大口屋に送りこんだ鴨《かも》のひとりだろうぜ。直さん、あんたも、あちこちでずいぶんと怨《うら》みを買っているようだね」

竜四郎が小さく笑った。

第五章　強請《ゆす》り

1

湯島から神田川を渡り、お茶《ちゃ》の水《みず》の坂をくだった駿河台《するがだい》に小規模な市場があった。旗本大身の屋敷の女中、商人の内儀《ないぎ》、職人の女房、粋筋《いきすじ》の女などが市場にむらがり、たいそうな繁昌《はんじょう》ぶりであった。

市場は、せまい通路を両側からはさみつける形で、棚店《たなみせ》がぎっしり並び、うまそうな煮《に》炊《た》きの匂いにまじって、景気のいい売り声が威勢よくはじけ散る。そんな市場の人ごみを押し合いへし合いしながら縫《ぬ》って歩くのも、由香里にはたのしかった。

由香里は女中のお梅を連れている。髪を島田髷《しまだまげ》に結《ゆ》い、菊模様の中振袖《ちゅうふりそで》を着て、西陣《にしじん》の帯を胸高に締めている。

由香里は獣肉屋の前に立った。有名な店で、鴨《かも》、雉《きじ》、雁《がん》、鶉《うずら》、鶏といった鳥類のほかに、兎、鹿、猪の肉なども置いている。

「ご主人」

由香里がくりっとした瞳に茶目な笑みをやどした。

「猪《しし》の肉をすこし分けて頂戴《ちょうだい》な」

「そいつはちょうどいい按配《あんばい》だ」

小肥《こぶと》りの主人が嬉しそうにうなずいた。

「なにね。たった今、極上の猪《しし》が丹沢《たんざわ》から入荷したんでさ。冬が近くなると、日を追って猪は脂《あぶら》が乗ってくるからね。ごらんなせえ。鮮やかなもんでござんしょう」

と、猪の肉の塊《かたまり》をかかえあげて由香里に見せた。冴《さ》えた赤身に白い脂肪が網状に走り、牡丹《ぼたん》の花が咲き誇るかのようにみごとだった。

「召しあがってごらんなせえ。舌の先にとろりとからみつくような旨《うま》さで、たまりませんぜ」

「それじゃ、二斤ほどいただくわ」

「きれいなお嬢さん、たっぷりおまけしまさ」

主人が猪肉をどさっと秤に乗せた。肉の塊を食べやすい大きさに切り分け、大きな蓮《はす》の葉に手ぎわよく包んだ。

由香里はそれを受けとり、お梅の買物籠に入れると代金を払った。

「葱《ねぎ》と、松茸《まつたけ》と、卵も要るわね。それからお醬油《しょうゆ》とお酒」

由香里はうきうきした様子で、市場であれこれ買い物をした。竜四郎の居で猪鍋をこしらえるつもりなのだ。作り方は、多慶屋の女中頭《がしら》にしっかり教わってきた。

買いものをすませると、由香里は神田三河町に足を向けた。竜四郎が家にいることは、多慶屋の小僧をやって確認している。小僧の話では、竜四郎はどうやら宿酔《ふつかよ》いらしい。

由香里の胸は、はずんだ。口笛を吹きたいような気分だった。

小川町の旗本屋敷がつづく。小川町を抜ければ三河町だ。目と鼻の距離であった。心がうきたった。

旗本屋敷の練塀《ねりべい》が切れたところから破落戸《ごろつき》風の男が三人、それに、二人の浪人がばらばらと駈けあらわれた。どいつもこいつも、殺伐《さつばつ》とした雰囲気を身にまとっている。

由香里の可憐《かれん》な顔がこわばった。両脚がすくんで、動くこともできない。うしろのお梅が悲鳴をあげて、地面に尻餅《しりもち》をついた。あまりの怖さに腰を抜かしてしまったのだった。

浪人の一人が由香里へ突風のように肉薄し、刀の柄頭《つかがしら》でみぞおちを突き、当て落とした。

「瓢六、三次!!」

野分の熊蔵が首を横にしゃくりあげた。狐の瓢六が肩を持ち、猿《ましら》の三次が両脚をかかえて、由香里を路地にはこび込んだ。

路地に駕籠が待っていた。狐の瓢六は気をうしなってぐったりしている由香里を細引《ほそび》きで後手《うしろで》に縛りあげ、猿ぐつわをかますと、たれをめくって駕籠に押し込めた。

駕籠が走り去っていく。

「女中」

野分の熊蔵は、地べたに尻餅をついて全身をわななかせているお梅を悪鬼《あっき》の形相で睨みつけると、書きつけを胸もとにはさみこんだ。

「そいつを影月竜四郎に見せろ。約束をたがえると、多慶屋の跳ねかえり娘は亡骸《むくろ》になるといえ」


玄関の戸をだれかがはげしく叩いている。

六畳間でゴロ寝をしていた竜四郎のおもつきが、にわかにけわしくなった。胸さわぎがする。厭な予感というやつだ。

「影月さま、影月竜四郎さま、お嬢さまがならず者に攫《さら》われましてございます」

金切り声が聞こえた。

竜四郎は跳ね起きた。土間に走りおりると、玄関の障子戸をあわただしく開ける。お梅が転がりこんできた。死人のように青ざめている。

「由香里がかどわかされただとっ？」

竜四郎の顔に緊迫の色がこもった。

「これを」

お梅がふるえる手で書きつけを竜四郎に渡した。

竜四郎は書きつけを眼で追った。

『明日。明け六つ（午前六時）、越前屋の旦那から掏《す》った品物を深川本村町《もとむらちょう》の泉養寺《せんようじ》の境内にかならず持ってこい。品物と引き替えに、多慶屋の娘をひき渡してやる。約束をたがえやがったら、多慶屋の娘の命はねえからな』

粗末な文字で殴り書きしてあった。

「お梅」

竜四郎が眼をきっとさせた。

「このことは他言無用だ。だれにもいうな」

唇に人差指を縦にあてがった。

「由香里は、拙者が命に替えても助けだす。そなたは由香里の家でじっとかがまっておれ」

2

午後八時過ぎ。

竜四郎は、家に灯影を灯《とも》したまま、裏口からすばやく外の暗闇に走りこんだ。見張られているかも知れないと用心したのだ。

筋違御門橋の手前の練塀小路《ねりべいこうじ》へ一散に走った。動悸《どうき》がはげしい。胸の中に、焦躁《しょうそう》が湧きたっている。

走りながら、竜四郎はぎりりと奥歯を噛み鳴らした。

(卑劣なやつらめ!!)

怒りがこみあげてくる。灼熱の怒りであった。だが、怒りをぶつけるわけにはいかない。相手はどこの何者ともわからないのだ。

居たたまれない気持であった。このような気持になったのは、はじめてのことだった。

「由香里」

竜四郎の唇から低いかすかなつぶやきが洩れた。女に飢えた狼浪人や野卑なならず者どもが、寄ってたかって由香里を凌辱《りょうじょく》している光景が胸裡に浮かんだのである。

「おのれ!!」

竜四郎は軀を慄《ふる》わせた。全身の血が凍りつくかのようであった。

練塀小路に走りこみ、河内山宗俊の平門の袖扉《そでど》を叩いた。ややあって、顔見知りの門番が顔を出した。竜四郎は河内山邸を何度か訪れたことがあるのだ。

「これは、影月さま」

「これは在宅しているかい」

竜四郎は親指を突きたてた。

「へい」

「火急の用事だ。入らせてもらうぜ」

竜四郎は邸内に踏み入ると、屋敷の玄関に駈け込んでいった。

南側の書院で、河内山宗俊は金子市之丞と軍鶏鍋《しゃも》をつっつきながら酒をのんでいた。

「河内山」

竜四郎は書院のふすまを颯《さつ》と開けた。

「いかがいたしたな、稲妻の竜」

河内山宗俊がぎょろりと眼を動かした。竜四郎のただならぬ気配をすばやく察知したのである。

「河内山、あずかってもらったものを出してくれ」

「まあ、いっぱい飲《や》れ」

河内山は図太い笑みをふくむと、ゆったりとした挙措《きょそ》で銚子をかざした。

「焦《あせ》れば、ろくなことがない。落ちつけ。肚《はら》を据《す》えるのだ」

「うむ」

竜四郎は河内山宗俊の前にあぐらをかき、酒をつがれたぐい呑みをぐっとあおりつけた。

「女かい」

金子市之丞が目もとに冷えた笑みをにじませた。

「竜四郎の旦那がとり乱すのは、めずらしいことだからな」

「これだ」

竜四郎は書きつけをふところからつかみだした。

「きたない字だな。書いた野郎はよほど粗野な奴だろうぜ。文字を書けるだけましかもしれねえがな」

河内山宗俊が喉の奥でにぶい笑い声をたてた。だが、凄みのある眼は、すこしも笑っていなかった。むしろ、怖いほど静かだった。

「深川本村町の泉養寺か。あの境内の両側には、杉の老樹がびっしりとそびえ立っているんだ」

河内山宗俊はえらの張ったあごをさすりながら、思案げに首を傾けた。

「本村町は深川の西のはずれで、人目につかない。まして、明け六つとくれば、蜆取《しじみと》りの爺いもいねえだろうさ。連中ははなから、竜さんを殺すつもりだ。そのつもりでかからなければならねえ」

河内山宗俊はぐい呑みの酒をずずっとすすりこんだ。

「深川ってのは永禄《えいろく》年間にひらかれた土地でね。泉養寺には深川を拓《ひら》いた深川八郎《はちろう》右衛《え》門《もん》の墓があるのさ。深川は、富岡八幡の鐘が情緒をさそい、羽織芸者が気を吐く粋の街だが、ならず者や狼浪人どものたまり場でもあるんだ。つまりは、やくざな土地ってことよ」

河内山が金子市之丞の冴《さ》えた横顔に眼をやりつつ、くえない笑みをただよわせた。金子市之丞はそしらぬおももちで、軍鶏《しゃも》鍋をつっついている。

「好都合なことに、金子市もここにいる。金子市は腕が鳴ってしかたがないそうだぜ。いいかい、竜四郎の旦那、この件は河内山の件でもあるんだ」

語気つよくいうと、河内山宗俊はずかりと腰をあげ、棚の上から錦繡の袱紗をとりあげた。

「こいつは、ひとまず、竜四郎の旦那にお返ししとこう。中には、ちゃんと夜叉の割符も入っているぜ」

「かたじけない」

竜四郎は袱紗をふところにしまい込んだ。

「どうやら、多慶屋の娘を攫《さら》ったのは、越前屋の指図じゃなさそうだぜ。つまりは、越前屋の飼犬のならず者の浅知恵よ。書きつけの『越前屋の旦那から掏《す》った品物』というくだりがそいつを物語っているじゃねえか」

河内山宗俊の眼がにぶく光った。

「となると、連中はたいした頭数ではあるまい。浪人はまず五、六人に、あとは、頭数の勘定《かんじょう》にも入らないごろつき、ならず者のたぐいだろうさ」

「そういうことだ、河内山」

金子市之丞が瞳孔をすぼめた。ほっそりした顔に不敵な静けさがこもっている。

「明日の夜明け、深川本村町の泉養寺の杉の木立にかこまれた境内は、鮮血に染まる。なに、たいしたことはない。深川を巣にしているドブネズミどもが死ぬだけだ」

「片岡の直は、荒事《あらごと》には使いものにならんが、暗闇の丑松はなにかの役に立つだろう。呼んでおくか」

河内山宗俊はぐい呑みの酒をぐびりと喉へ流しこんだ。ふてぶてしい貌に気概がみなぎる。このしたたかな御数寄屋坊主は、こうしたことが三度の飯より好きなのだろう。

3

深川・鎌倉河岸の喜右衛門横町の野分の熊蔵の家には、殺気が渦巻き、これから殴りこみをかけるかのような騒然とした雰囲気がみなぎっていた。

土間や四畳半には鎌倉河岸の盛り場から呼びあつめられた毛むくじゃらのならず者や兇状《きょう》持《じょうも》ちが七、八人たむろして、茶碗酒をくらいながらサイコロ博奕《ばくち》で時間をつぶしている。

六畳間には無精ひげだらけの顔をした汚《よご》れ浪人が六人、車座にすわって、イワシの丸干《まるぼ》しやイカの沖漬《おきづ》けを肴《さかな》にちびちび飲《や》っている。浪人どもの顔は粗野でむさくるしく、なんとなく似かよっている。けだものじみた貌《かお》といってかまわないだろう。浪人どものまとっている着物は、襟のあたりに垢《あか》が黒光りし、痩せた軀からは異臭がただよってくる。どいつもこいつも、眼つきが刺すようにするどく、餓狼《がろう》のような熱い炯《ひか》りをやどしている。

「いいですかい、先生方、相手はたった一人だ。しかも、こちらは娘を人質にとっているんだ。万にひとつも、しくじることはねえ。稲妻の竜を包みこんで、滅多斬りにしておくんなさいまし」

野分の熊蔵は六畳間に軀をはこび、肩をいからせて檄《げき》をとばした。

「影月竜四郎を斬り殺し、越前屋の旦那の大切なものを手に入れたなら、おひとりずつに一両奮発《ふんぱつ》しようじゃありませんか。どうか存分に腕をふるってくだせえ」

浪人どもの間にかすかなどよめきが起こった。一両と聞いて、眼の色が変わった。

これから、きびしい冬がくる。浪人どもにすれば、いくらでも金がほしいのだ。

ここにいる連中は、いずれも浪人暮らしが長いにちがいない。親の代から浪人という者もいるだろう。

七、八年も浪人をしていれば、武士であった者も、いつしか、野良犬になりさがってしまう。身も心もうらぶれ、料理屋の裏の残飯を漁《あさ》るようになる。

おのれの矜持《きょうじ》を保って生きられるほど、江戸の街は甘くはない。浪人は矜《ほこ》りを捨て、羞恥を捨て、江戸の街の底辺を這いずりまわらなければ生きていけない。もとより、侍の意地もかなぐり捨てる。

ゆすりたかりが日常となり、食えぬとあらば、斬《き》り取り強盗も辞《じ》さない。

そういう連中である。

由香里は奥まった四畳半に転がされていた。手をきつく後手に縛られ、口に猿ぐつわをかまされている。舌を嚙《か》み切られないための用心だろう。

部屋は薄暗い。隅に小さな常夜行燈が灯《とも》っているだけだ。

島田に結《ゆ》った髷《まげ》ががっくりと崩れ、ほつれ毛が頰に乱れ散っている。

怖ろしくて、心臓が張り裂けそうだ。

(竜四郎さま)

由香里は胸でつぶやいた。どうして自分が攫《さら》われたのか解《わか》らないが、竜四郎に関係があるのではないかと思った。女の直感だった。浪人やならず者を雇った者は、竜四郎を誘いだすために自分を攫ったのだ。

由香里の意識に切迫感がみなぎった。自分のために竜四郎が危険な目に遭《あ》う。もしかしたら、殺されるかもしれない。

どこそこに、何刻にこい。こなければ、由香里を殺す。

そのような書状を受けとったら、竜四郎は指定された場所にかならずやってくる。そういう心の熱い人だ。由香里を見殺しにするようなことはしない。

(こないでください、竜四郎さま!!)

由香里はかたく目をつぶった。真っ暗ななかで、絶望感が襲ってくる。

(あたしが死ぬのはかまわない。竜四郎さまに二度も抱かれたのだもの。思い残すことはないの)

舌を嚙《か》み切って死んでしまいたい衝動にかられた。だが、猿ぐつわをかまされていては、舌を嚙むこともできない。

(竜四郎さまはお強いもの。浪人やごろつきなんかに負けやしないわ)

由香里は自分に言い聞かせた。けれど、浪人たちが由香里に刃《やいば》をつきつけ、刀を捨てろとせまったとしたら、竜四郎は刀を捨ててしまうかもしれない。

(竜四郎さまが死んだら、あたしも生きていないわ)

由香里は覚悟を呑《の》んだ。

ふすまがひそやかに開いた。黒い影が四畳半に踏みこんできた。

「ふっふ、ふ」

卑猥な笑い声が洩れた。

瞬間的に、由香里のからだがこわばった。凌辱されるという直接的な恐怖に総毛立ち、心臓が凍った。

野分の熊蔵が由香里の腰のあたりにうずくまった。脂ぎった貌に卑劣な笑みをにじませながら、由香里の胸のふくらみを中振袖ごしに荒っぽくまさぐる。

由香里の可憐な顔が嫌悪でひきつった。

「いい稔りをしておるわ。ただ殺すには惜しい。たっぷりと慰《なぐさ》み、血の涙をしたたらせるほど辱《はずか》しめてくれよう」

野分の熊蔵は由香里が胸高に締めている帯を解いた。

(厭《いや》!!)

由香里は必死に顔をそむけた。熊蔵が中振袖の裾を長襦袢、腰巻ごと、力まかせにまくりあげた。

「うっううっ」

由香里の喉が絶望的に鳴った。脚が太腿まであらわになった。

熊蔵は懸命に閉ざしている由香里の膝を両手でぐいとおしひろげた。

熊蔵の双眸が鬼灯《ほおずき》のように赤くただれ、劣情がむきだしになっている。貌を由香里の股間に寄せる。粘《ねば》っこい息が敏感な部分に吐きかかる。虫唾《むしず》が走るようなおぞましさに、由香里は思わず肢体をうねらせた。

熊蔵の手が由香里の股間にさぐりを入れる。指が割れ目をなぞりあげる。

「うっううっ」

由香里の腰がひきつった。あまりのおぞましさに、内腿が鳥肌立った。

熊蔵の指が局部の内側にひそんでいる陰核を強引に掘り起こした。

「うぐっ!!」

由香里のからだが大きくのけぞった。鑢《やすり》でしごきあげられるような鮮烈な感覚が陰核に走ったのだった。

「ふっふふ。感じておるわ」

熊蔵は悦に入るような薄笑いを洩《も》らした。軀を由香里の両脚の間に割りこませ、両腿を高くかかえあげた。由香里の恥ずかしい部分があからさまにさらけだされた。薄明かりのなかで、柔らかい毛をまとわりつかせた局部が深紅に濡れ光っている。

熊蔵は由香里の女の部分をくいいるように見つめている。淫情がしたたるばかりの脂《あぶら》ぎった貌は、地獄の色欲鬼のように醜怪であった。

ややあって、熊蔵は由香里の女の部分に唇をおしかぶせ、はげしくむさぼった。由香里は完全に熊蔵に征服されていた。熊蔵は憑《つ》かれたように女の部分を舐《な》めつづけている。軽く咬《か》んだり、吸ったり、執拗《しつよう》につづけている。粘液性の異常につよい性格なのであろう。あるいは、偏執狂《へんしつきょう》か。

由香里は自分を失ってしまった。堪《た》えることなどできるはずがなかった。どれだけ抑えようとしても、からだの芯《しん》から魔的な快感が湧き出てきて、自制をはねのけた。どうなってもかまわないと思った。早く終わってほしい。それだけだった。

やがて、熊蔵ははげしく昂り、猛りたつ陰茎を濡れそぼった由香里の局部にえぐりこんだ。

由香里の顔が無残にひきつった。女の部分に引き裂かれるような痛みが走ったのだ。痛みが消えると同時に、熊蔵のものが完全に埋め込まれて、その先端が由香里の深奥に達した。

由香里の目尻から涙がだらだらとつたい落ちていく。無表情であった、焦点《しょうてん》の定まらないような瞳もぼんやりして、感情の光をうしなっている。意識がないわけではない。放心状態にあるのだった。

熊蔵はしたたかに放出すると、陰湿な薄笑いをのこして、そそくさと四畳半から去っていった。

由香里の女の部分ににぶい疼痛《とうつう》があった。熊蔵ののこしていった男の体液が、内腿をつたわって生温《なま》かく流れていく。

由香里は虚脱していた。気力も、なにもかも、萎《な》えてしまった。ややあって、男に犯された絶望感にうちのめされたように、由香里は嗚咽《おえつ》を洩らしてはげしくすすり泣きはじめた。

4

黎明《れいめい》の微茫《びぼう》が夜の虚無《きよむ》の暗がりにうっすら白くただよいはじめた。

どこかで、鶏がするどい啼《な》き声をはなった。

深川・本村町の泉養寺の本堂の前に、後手に縛られた由香里が引き据えられていた。髷ががっくりと崩れ、中振袖の胸もとがはだけ、裾《すそ》の乱れた無残な姿であった。

数人のならず者どもが由香里をとりかこんで匕首《あいくち》をかざしている。けだもののような粗野な顔に卑劣な薄笑いがにじんでいる。ゆとりがあるのだろうか。

境内に六人の浪人が立っていた。いずれも軀に殺気をはらみ、眼光がするどい。

野分の熊蔵は泉養寺の本堂の濡れ縁にどっかと腰をおろしている。肩に法被《はっぴ》をかけている。鎌倉河岸の顔役のつもりでいるのだろう。

明け六つの鐘が鳴りはじめた。

靄《もや》がかかったような暗い参道を雪駄の音が近づいてくる。

「影月竜四郎め、きやがったな」

野分の熊蔵が本堂から腰をあげた。左右の狐の瓢六と猿の三次が長ドスを握りしめる。

境内の六人の浪人の貌に緊迫感がこもった。

杉の老樹の木立にかこまれた参道に、影月竜四郎の黒っぽい影が朦朧《もうろう》と立ちあらわれてきた。

「やい、影月。そこに止まれ。多慶屋の娘が喉を切り裂かれてもかまわねえのか」

熊蔵が眼を吊《つ》りあげてわめきあげた。勝ち誇ったような笑みをうかべている。

竜四郎が歩を止めた。おちつきはらった挙措《きょそ》にある種の凄みがただよっている。

「越前屋の旦那が掏《す》られた品物をほうり投げやがれ」

熊蔵の野卑な声が参道にひびきわたった。

竜四郎はふところから錦繍の袱紗をとりだすと、参道の石畳の上にほうった。

「よし」

熊蔵の眼がギラリと光った。

「刀を前に置け。多慶屋の娘が死ぬぜ」

ならず者が匕首の刃をこれ見よがしに由香里の頬におしつけた。

竜四郎は腰の利刀と脇差を鞘ごと抜き、足もとに置いた。同時に、六人の浪人が抜刀して、境内から参道の竜四郎へ群狼《ぐんろう》のように殺到してきた。

ズキューン!!

銃声が割れ返った。

「ぎゃあ!!」

由香里の頬に匕首をあてがっていたならず者がものすごい勢いではじけ飛んだ。黒く焦《こ》げた穴が眉間にあいている。

右の杉の老樹の陰からふたつの人影が躍り出てきた。

「動くんじゃねえ。貌をぶちぬくぞ」

ドスの利いた声が鞭打《むちう》つようにしなった。

熊蔵も、配下のならず者どもも気を呑まれている。

金子市之丞が前傾姿勢で由香里に肉薄した。大刀がめまぐるしく閃電《せんでん》した。ほとんど瞬間的に三人のならず者が斬り殺され、境内に血しぶきが乱舞した。

竜四郎はすばやく利刀を拾いあげた。鯉口を切り、襲いかかってくる浪人に、腰を沈めて居合い斬りを送りこんだ。浪人は脾腹を裂かれ、絶叫を発してのけぞり倒れた。

竜四郎は浪人たちに猛然と挑みかかった。火を噴きそうな気迫であった。利刀を浪人の顔面に叩きつける。そやつは額から顎へ縦一文字に斬り裂かれ、血煙とともに仰向けざまに倒れ落ちた。

四人の浪人は竜四郎の太刀筋の稲妻のような速さに、背筋を凍《こお》りつかせた。

「斬!!」

竜四郎の唇から凄惨《せいさん》な気合いがほとばしった。前面に正眼に刀をかまえている浪人に一《いっ》気呵成《きかせい》に斬りつけた。その刃《やいば》は、竜四郎の業念《ごうねん》がのりうつったかのような凄《すさ》まじさだった。

浪人の左首筋がずばっと斬り裂かれた。石榴《ざくろ》のように割れた傷口から鮮血が音をたててほとばしり出てきた。浪人はがくりと腰を折り、前につんのめって倒れ伏した。

竜四郎は浪人の首筋から噴きだす鮮血を避けるかのようにすばやく背後にまわると、棒立になっている浪人に一気にせまった。浪人は竜四郎の阿修羅《あしゅら》のような勢いに思わず刀を振りあげた。竜四郎の利刀が横殴りにそやつの脾腹を裂いた。返り血が竜四郎の貌を真っ赤に濡らした。

残るは二人だ。二人とも腰がひけている。正眼のかまえが小刻《こきざ》みに慄《ふる》え、みひらいた眼におびえがやどっている。

「去れい!!」

竜四郎は血汐に濡れた利刀をはげしく振りおろした。空気が切り裂かれて、虻《あぶ》の羽音のように唸《うな》った。

二人の浪人は刀をほうりだすと、悲鳴をあげて逃げていった。参道は醬油樽《しょうゆだる》をひっくりかえしたような血の海であった。その中に、四人の浪人がぶざまに転がっている。

竜四郎は参道の石畳を蹴り、猛然と泉養寺の境内に駆け込んでいった。

野分の熊蔵も、狐の瓢六も、猿の三次も、顔面を蒼白にひきつらせて、釘付けされたようにその場に立ち竦《すく》んでいる。

河内山宗俊のかまえる短銃に威圧されて、動くことができないのだ。五人のならず者は、金子市之丞の刀の銹《さび》になり、血まみれで境内に倒れていた。

「覚悟!!」

竜四郎は野分の熊蔵の前に躍り込むや、腰を沈め、利刀を一閃させた。

稲妻《いなずま》がひらめいた。

熊蔵の首は生血をひいて虚空にはねあがり、胴がへなへなと崩れ落ちた。

金子市之丞が瓢六と三次を無造作に叩き切った。

血闘は終わった。

竜四郎は由香里に駆け寄り、利刀で細引きを断ち切った。

「竜四郎さま」

由香里が竜四郎にすがりついた。全身の血が煮沸《しゃふつ》するような昂揚感に、われを忘れた。熱い喜びが潮《うしお》のように胸にせまってきた。

「丑松」

河内山宗俊は短銃をふところにしまいこむと、野太《のぶと》い声で呼んだ。

本堂の右端《みぎはし》の暗がりでかがまっていた暗闇の丑松が躍《おど》りでてきた。

「竜四郎の旦那が空に刎《は》ねとばしたケチな親玉の首を拾ってこい」

「合点《がってん》、承知いたしやしたぜ」

丑松が意気ごむようにうなずいた。

「その首を久松町の越前屋の店ん中に放りこむんだ。千両首と書いてな」

そういうと、河内山は懐手で、金子市之丞と肩を並べて血の海をよけながら、泉養寺の参道を歩きだした。

途中、錦繍の袱紗が落ちていたが、河内山宗俊はつまらなそうに一瞥《いちべつ》しただけで通りすぎた。

「河内山」

金子市之丞が皮肉っぽく眼を光らせた。

「なんだえ」

「あの錦繍の袱紗は、中味の南蛮歌留多も偽物だな」

「さてね」

河内山は顔をよこに向けて、とぼけてみせた。

「かれこれ十年も付き合ってるんだ。おまえさんの人柄はよく知っているよ」

金子市之丞が薄く笑った。

「どんな人柄なんだえ」

河内山宗俊は懐手のまま、寒そうに首をすくめた。

「転んでもただじゃ起きないお人柄ってことさ」

金子市之丞が喉の奥でからかうような笑い声を洩らした。


夜明けの光がひろい庭にうっすらとさしはじめた。

丁稚《でっち》の福松《ふくまつ》は丁稚部屋の布団からごそごそ這い出すと、着替えをして、水っ鼻をすすりながら越前屋の裏手の雨戸を開けはじめた。

日本橋久松町の越前屋の本店には丁稚が十八人もいる。そのなかで、福松はいちばん下だった。

ちなみに、越前屋には手代が九人、番頭が六人いる。十二人の女中を加えれば、奉公人だけで総勢四十五人の大所帯である。

主人の甚兵衛は「親店」である銭屋の惣番頭を兼ねているので、店にいないことが多い。従って、この大店《おおだな》を切りまわしているのは大番頭の喜八《きはち》と甚兵衛の内儀の志津《しづ》であった。

二十年狐のようなぎすぎすと痩せた志津は銭屋の女中上がりだけあって、奉公人にはやかましく、眼を吊りあげて番頭や手代を叱りとばしている。

福松は裏手の三十六枚の雨戸を開け終わった。福松のひたいにはうっすら汗がにじんでいた。雨戸を開けるだけでもひと仕事なのである。

ひと息いれる間もなく福松は裏手の庭を竹箒《たけぼうき》で掃《は》きはじめた。店は手代の与市《よいち》が開け、店の前の掃除と水打ちは女中の仕事だった。

どさっ!!

裏塀からなにか重いものが投げこまれた。

福松は不審げな表情で物音のした方に歩み寄っていった。

「グッ!!」

福松は悲鳴をあげてへたりこんだ。

塀ぎわの狐色の枯草の上に血だらけの生首が転がっていたのである。生首には『野分の熊蔵の生首、一千両也』という書きつけがくくりつけてあった。

6

前田隼人正利次は柳之間の席からそそくさと腰を上げた。尿意を催《もよお》したのである。廊下を小走りに厠にむかっていく。

小用を足す。勢いよくほとばしる。

すっきりする。

前田利次は容《かたち》をあらためると、厠を出て、手水鉢《ちょうずばち》の水を杓《ひしゃく》で汲《く》んで手を洗った。

「もし、前田さま」

あたりをはばかるような低い呼びかけがあった。

前田利次はいぶかしげなおももちでふりむいた。坊主頭の河内山宗俊が肩をすぼめ、揉み手をしながら、卑しげな笑みをにじませてすり寄ってきた。

「前田さま、てまえをお見知りおきくだされましたか」

「河内山宗俊であろう。何用じゃ」

前田利次は尊大に背筋を反《そ》りかえらせた。卑賤《ひせん》な御数寄屋坊主に見くびられてなるものかという名門の気負いが、態度にうかがえた。利次は加賀百万石藩主の弟なのだ。

「隼人正さま、これをご存知でござりましょうか」

河内山宗俊は卑屈な上目遣《うわめづか》いで、羽織のたもとから錦繍の袱紗をとりだした。遠くから廊下を渡ってくる鳥居耀蔵をぬけめなく視野に捉《とら》えている。

「前田さまの御定紋が入っておりまする」

「なんと!!」

前田利次は河内山宗俊の手から袱紗をとりあげようとした。が、河内山宗俊はすばやく手をひっこめ、意味ありげに薄笑った。

鳥居耀蔵が近づいてくる。

「これは、おそれ多くも大君《おおきみ》さまより、てまえがあずからせていただいた袱紗にございまするゆえ、滅多《めった》なことではお渡しすることはできませぬ」

「大君さま」

「一橋治済さまにございまする」

河内山宗俊の野太い声は、すれちがって厠に向かう鳥居耀蔵の耳にもしっかり届いたはずであった。宗俊は耀蔵の眉がかすかにわななくのを見逃さなかった。

にわかに、前田利次の膝がしらがこまかくわらいだした。

「ここでは、人目につきまする。こちらへどうぞ、おいでなされませ」

河内山宗俊は厠から菊之間《きくのま》へ渡る廊下に小腰をかがめて前田利次をいざない、さらに、茶所の脇の人気のない時圭之間《とけいのま》廊下に連れ込んだ。

「前田さま」

河内山宗俊の声に威圧するような凄みがこもった。

「てまえの羽織のたもとにある錦繍の袱紗には、あろうことか、御禁制の白面が縫《ぬ》い込められてあったのですぞ」

「……」

前田利次の腺病質《せんびょうしつ》そうな藩主面《づら》があわれなほどにひきつった。このような恫喝《どうかつ》にあったことがないのだろう。

河内山宗俊は前田利次の反応をうかがいながら、粘《ねば》り口調できりだした。

「越前宇奈月郡・前田家には、シャム国との特殊なつてがございましょう。隼人正さまが知らぬとおおせでしたら、江戸家老の榎田帯刀《えのきだたてわき》どのか江戸留守居役市田六郎左衛門どののいつてということにいたしてもよろしゅうございます」

河内山が陰湿な笑みを口許《くちもと》にのぼらせた。

「市田六郎左衛門どのは、銭屋の惣番頭として才腕をふるっていた郷里の甚兵衛に目をつけ、資金を提供して、廻船問屋の越前屋を興させたという次第でございますな」

「それがしには、なんのことやら、さっぱりわからぬ」

前田利次がうろたえながら眉をひそめた。実際に当惑している様子であった。

（もし、演技であるなら、まちがいなく千両役者だぜ）

河内山宗俊は喉の奥で怪しげなふくみ笑いを洩らした。

「公方さまの御家庭でございますところの大奥には、白面、大麻、茶羅須《ちゃらす》、蓬蓮《ほうれん》、金蕩丹《きんとうたん》など唐土より渡来したさまざまな秘薬、媚薬《びやく》のたぐいが、ひそかに出まわっているそうにございまする」

盛り塩をご存知でございますな、と、河内山宗俊は意味ありげに動かした。

神社仏閣はもとより、料亭、見世物小屋、不幸のあった家などは、門脇に盛り塩をする。

その由来は、中国のはるかな春秋時代、皇帝は後宮にかかえる三千人の寵妃《ちょうひ》の前に毎晩でかけるしきたりであった。

皇帝は五頭の羊《ひつじ》に曳《ひ》かせた車に乗って広大な後宮をめぐり、寵妃の宮殿を訪れた。

そこに、寵妃の中に、梅妃という頓智《とんち》のある妃がいた。梅妃はなんとかして皇帝の羊車をわが宮殿に向かわせようと知恵をめぐらし、羊の好物である塩を門内に盛りあげ、車を曳く五頭の羊をたくみに自分の宮殿に誘いこんだという。

「これが盛り塩の由来でございまする」

河内山宗俊は手にした扇子をパチリと鳴らした。

「大奥にでまわっている白面その他の麻薬、媚薬のたぐいは、羊を誘いこむ塩とおなじと心得ましてございまする」

河内山宗俊は前田利次の耳もとに口を寄せ、扇子を横にかざしてささやいた。

「一橋の大君《おおきみ》は、一千両をご所望にございます。一千両は越前屋に提供させればよろしかろうと存じまする。江戸留守居役の市田どのを通して『首代、一千両』とお告げなさいませ。三日後、日本橋久松町の越前屋裏に紅網代《べにあじろ》の女駕籠が参りまする。その中に一千両を乗せよとお申しくだされ。それで、この件はなにごともございませぬ。もとより、越前宇奈月郡三万二千石前田家にお咎《とが》めなどあろうはずがありませぬ」

河内山宗俊はあくの強い貌《かお》に面妖《めんよう》な笑みをにじませると、羽織のたもとから錦繍の袱紗をとりだし、前田隼人正利次の手にそっと握らせた。

その頃。

鳥居耀蔵が複雑なおももちで将軍家顧問中野碩翁の御用部屋をおとずれた。

「碩翁さま」

鳥居耀蔵がぐいと身を乗りだした。痩せた狷介《けんかい》な貌に焦《あせ》りの色が読みとれる。

「先ほど、厠近くで御数寄屋坊主の河内山宗俊めが前田隼人正をつかまえて、なにやらぼそぼそと耳打ちしておりました」

「ふむ」

中野碩翁のしなびた鼻に数本の小皺《こじわ》が寄った。河内山宗俊には、煮え湯を呑まされたことがあるのだ。執念深い中野碩翁が忘れるはずはない。

「その折り、河内山めが一橋治済さまの御名《おんな》を口にいたしたではありませぬか」

「なんと!!」

中野碩翁は顔色をかえた。一橋治済は将軍家斉の実父である。ほんらいであれば、将軍の妾《めかけ》の養父にすぎない中野碩翁ごときが、百尺下がっても拝謁《はいえつ》できるものではないのだ。

中野碩翁など、養女のお美代の方が家斉の寵を得なければ、どこの馬の骨ともわからぬ者なのである。

中野碩翁にとって、一橋治済はこの世でもっともうっとうしい人物なのだった。

「あの御数寄屋坊主めが、一橋治済さまに通じていたなら、厄介《やっかい》なことでありますぞ」

鳥居耀蔵が口もとをゆがめた。眼のふちがかすかにわないている。

「前田隼人正に御数寄屋坊主の河内山がなにを耳打ちしたか、気になってなりませぬ」

「さよう」

中野碩翁の老い錆びた貌にあきらかに動揺があった。碩翁は、鳥居耀蔵を通じて、越前前田家の江戸留守居役市田六郎左衛門から白面を入手しているのである。この秘密が露見したなら、碩翁の失脚にもつながりかねない。

「耀蔵、当面、わしは素知らぬ顔を決めこんでおる。触《さ》わらぬ神に祟《たた》りなしじゃ」

中野碩翁が狡《ずる》そうにふくみ笑った。

じつは、河内山宗俊は一橋治済となんの関係もないのである。一橋治済は卑賤《ひせん》な茶坊主の名さえ知らないだろう。

河内山宗俊は背後に一橋治済の存在があることを匂わせて、前田隼人正利次を恫喝し、鳥居耀蔵と中野碩翁を牽制《けんせい》したのだった。

宗俊の狙い通り、中野碩翁と鳥居耀蔵は疑心暗鬼《ぎしんあんき》に陥《おちい》ってしまったのである。

さすがなものとしかいいようがない。

7

昼下がり。

日本橋久松町の越前屋本店の裏に、立派な紅網代の女駕籠が停まった。従者は中間が五人、腰元が七人、供侍が十人という仰々《ぎょうぎょう》しさで、代参《だいさん》か、諸藩へ使者に赴《おもむ》く大奥の御年寄《おとしより》（老女）の乗りもののように思われた。

紋付袴の正装をまとった越前屋甚兵衛は奉公人の番頭や手代どもを従え、紅網代の女駕籠を待っていた。

女駕籠が停まると、越前屋甚兵衛は身を縮めて平伏した。

「御苦労である」

羽織袴の供頭《ともがしら》の武士が威厳のある声でいった。その顔は片岡直次郎のものであった。

「例のものは、用意してあるな」

「ははっ」

越前屋甚兵衛は地べたに額をこすりつけた。

大番頭と二番番頭が紫の布をかぶせた千両箱を邸の裏口から運びだした。

供頭が片膝を付いて、駕籠を開ける。もとより、駕籠の中は空《から》である。大番頭と二番番頭は千両箱を駕籠に乗せた。

「たしかに受領いたした」

供侍がうなずいた。

駕籠が担《かつ》ぎあげられた。

越前屋甚兵衛と奉公人たちは駕籠が越前屋の裏の路地を去るまで、顔もあげずに平伏していた。越前屋甚兵衛の顔には脂汗《あぶらあせ》がしたたっている。よほどに緊張しているのだろう。

駕籠が視界から消えると、越前屋甚兵衛はほっとしたように布で顔の汗を拭《ぬぐ》った。その顔には窮地《きゅうち》を脱したかのような安堵の表情が浮かんでいた。

仰々しい供揃《ともぞろ》えの女駕籠は神田川にかかった昌平橋を渡り、八辻ヶ原から筋違御門橋に向かい、青山下野守《あおやましもつけのかみ》の屋敷の角を曲がって練塀小路に入った。

女駕籠は練塀小路の中途の河内山宗俊邸の平門の中に消えた。


夜。

河内山宗俊邸の奥まった書院の中央に、千両箱がでんと据えられている。

床の間を背にして河内山宗俊がどっかとあぐらをかき、金子市之丞、片岡直次郎、暗闇の丑松、それに、影月竜四郎が千両箱をかこんで酒を酌《く》みかわしていた。

「それにしても、千両箱、こやつは、いつ見てもいいものだぜ。どっしりとして、存在感というものがあらあな」

河内山宗俊は会心の笑みを浮かべると、さかずきの酒を旨《うま》そうにふくんだ。

「丑松、蓋《ふた》を開けな」

宗俊があごをしゃくった。

「へい」

暗闇の丑松が両手でよっこらしょと千両箱の蓋《ふた》を開ける。箱の中から紫磨《しま》黄金のかがやきが眩《まばゆ》くあふれだした。

「直、おまえのこたびの働きは、三千歳を通して越前屋甚兵衛の情報を聞きだしたことと、女駕籠で越前屋の裏から千両箱を運んできたことだ。まずは、五十両が相場だな」

河内山はにやりと笑い、千両箱から五十両をつかみだすと片岡直次郎の前に積みあげた。

「それから、丑松は柳橋の天井裏から前田藩の江戸留守居役の情事をのぞいたり、野分の熊蔵の生首を越前屋の裏庭に投げこんだり、けっこう働いた。取《と》り前《まえ》は百両ってとこだ」

河内山は百両を丑松に手渡した。

「金子市は本村町の泉養寺で野分の熊蔵の子分どもを斬り捨てた。その働きで百両だ」

「まあ、そんなものかもしれん」

金子市之丞は眼のふちに冷えた笑みをにじませると、千両箱から百両をとりあげ、ふところにねじこんだ。

「それから、稲妻の竜だが」

河内山の眼が奥深く光った。

「このネタは、竜四郎の旦那が拾ってきたものだ。多慶屋の娘が掏《す》られた錦繍の袱紗を掏《す》摸《り》から奪い返したのが、そもそもの発端だし、怪我もした。ずいぶんと人も斬ったしな」

河内山は三百五十両を竜四郎の前に積みあげた。

「残りの四百両は、女駕籠をはじめ、佐久間順庵の治療費とか、わしのふところからずいぶんと経費がでていることもあり、この河内山がいただくことにする。異存はあるまいな」

河内山が図太い笑みを浮かべた。

「いいともさ」

金子市之丞は目もとをなごませると、さかずきの酒をぐっと干した。

「錦繍の袱紗を千両箱に化けさせたのは、なんといっても河内山の力量だからな。とにかく、たいしたものよ」

「越前屋甚兵衛や越前宇奈月郡三万二千石の前田家が、白面をはじめ、シャムからの抜荷でどれだけ儲《もう》けようと、そんなことはおれたちの知ったことじゃねえ。白面が怖ろしい麻薬だろうと、欲しがるやつは大奥や、金のあり余っている富裕層で、零細《れいさい》な庶民にはなんの関係もありゃしねえのさ。越前屋甚兵衛は白面の抜荷でしこたま儲けりゃ、それでいいのよ」

「おれたちは、役人でも、正義の士でもないゆえな。金にできるものは金にする。そういうことだ」

金子市之丞が薄く笑った。

「いまのご時世、はびこっているのは悪だけだ。江戸城を食いものにしている一橋治済、島津重豪、中野碩翁の三妖怪はいうにおよばず、老中筆頭水野出羽守以下の幕閣は賄賂賄賂で腐敗《ふはい》のきわみだ。十手をあずかる与力や八丁堀の同心連中も、あちこちでいろいろと袖の下をとっている。ことに、同心は三十俵二人扶持《ぶち》の安俸禄《やすほうろく》だ。袖の下でも受けとらなけりゃ、配下の岡っ引どもに小遣《こづか》い銭もくれてやれねえよ」

河内山宗俊が眼のふちにくえない笑みをにじませた。

「たしかにおれたちは悪党《ワル》だが、弱い者をいたぶるような卑劣な真似はせぬ。さまざまな悪の横行する世の中におれたちみてえな悪党がいてもいいだろうさ」

河内山宗俊はさかずきの酒をずずっとすすりこんだ。

「前田家の江戸留守居役の市田六郎左衛門は切腹にもつながりかねない錦繡の袱紗がもどってきたし、越前屋甚兵衛は抜荷に欠かせない南蛮歌留多《なんばんかるた》の割符《わりふ》が手もとにもどった。いまごろ、二人とも、胸をなでおろしているだろうぜ。越前屋甚兵衛は千両ですんで、安くあがったとにやにやしながら、妾の股ぐらでもまさぐっているさ」

「河内山の旦那」

片岡直次郎が眉をひそめて訊《き》いた。

「おれにはとんとわからねえが、どうして前田家の定紋入りの袱紗に白面が縫《ぬ》いこめられていたんだい」

「諸藩の江戸留守居役は、さまざまにつながっている。そして、どの藩にも秘密ってやつがあるのさ。市田六郎左衛門はおおかた袱紗に仕込んだ白面を見本として他藩の江戸留守居役に渡し、精力的に取引していたのだろうよ。麻薬ってやつは需要《じゅよう》がある。引く手あまただ。匙加減《さじかげん》で毒にも薬にもなるからな。三百六十余もある藩は、いずれも、さまざまなお家の事情をかかえているものさ。世襲《よつぎ》余りもあれば、江戸留守居役が一服盛って殺したい者もいるだろうぜ」

河内山宗俊が口もとにしたたかな笑みをただよわせた。

「河内山の旦那、おいらも解《げ》せねえんで」

暗闇の丑松が腑《ふ》に落《お》ちなさそうに眉を曇らせた。

「どうして、野分の熊蔵の生首を越前屋の裏庭に投げこんだんですかね。一千両也と書いて」

「意味なんかありゃしねえよ。越前屋が動揺すると踏んだまでのことさ」

河内山宗俊が愉快そうに相好を崩した。

つまりは、越前屋甚兵衛の心理を読んだ河内山得意の陽動作戦である。それは、殿中で、すれちがった鳥居耀蔵に聞こえるように一橋治済の名を口にしたことにもいえる。

鳥居耀蔵と中野碩翁は一橋治済の名が河内山宗俊の口から出たことによって、少なからず動揺したはずである。すなわち、河内山宗俊の術中にはまり、ありもしない一橋治済の影におびえ、なりをひそめてしまったのだった。

「さてと。どうでえ、これから吉原にでもくりこむかい。千両箱をいただいた打ち上げによ」

河内山宗俊があくのつよい眼をぎょろりとさせた。

8

深川・富岡八幡宮前の料亭『清虎《きよとら》』のはなれ座敷で、影月竜四郎は芸者の蔦吉の酌で飲んでいた。蔦吉は鶯色《うぐいすいろ》の羽織に、紫鹿子《しかのこ》の襟をのぞかせ、なんとも艶《つや》っぽい。

「ところでお蔦、石川町の船宿『喜久屋』に当分の間、置いてもらいたいんだが、『喜久屋』の女将に交渉してくれないか」

竜四郎はふところから切餅（二十五両）をとりだして、蔦吉の手に握らした。

「残りは、これまでの飯代さ。遠慮なくとっといてくれ」

「竜さま、豪勢なものでござんすね、どういう風の吹きまわしかしら」

蔦吉は銀杏返《いちょうがえ》しの髪に手をやりながら、あだっぽく口もとをほころばした。

「金ってやつは天下のまわりものだからな。拙者のような乞食浪人のふところにも、たまには転がりこんでくるさ」

「博奕《ばくち》ね」

蔦吉が張りのある瞳をきらりとさせた。

「そんなところさ」

竜四郎はにやりと笑い、蔦吉の肩に腕をまわして、からだをひき寄せた。待っていたように、蔦吉がしどけなくしなだれかかってくる。竜四郎は羽織の内側に手を差しこみ、紅梅もようの加賀友禅《かがゆうぜん》の上から胸の膨らみをまさぐった。

お蔦はかるく瞳を閉じて、竜四郎にされるにまかせている。この粋《いき》と気風《きっぷ》を売り物にしている生粋《きっすい》の深川芸者はすっきりと背丈が高く、しなやかな肢体のうごきに爽《さわ》やかな躍動感がある。

「じつはな、お蔦、つまらないドジを踏んじまって、神田三河町の家からしばらく身を隠さなけりゃならない羽目になっちまったのよ。石川町の『喜久屋』の件、よろしくたのむぜ」

「それだったら、まかせておいて」

お蔦は竜四郎は博奕かなにかで追われていると思ったのだろう。

竜四郎が三河町の家に帰れないわけは、由香里だった。

由香里は泉養寺の闘争以来、竜四郎にすっかりのぼせ上がり、三河町の家に日参するようになったのである。

「竜四郎さまのこと、おとっつぁんに話しました」

三日前、由香里はきまじめな表情できりだした。

「あたし、おとっつぁんに、忠助とは所帯をもたないとはっきり言ってやりました。竜四郎さまのところにお嫁にいくって」

忠助というのは父親の多慶屋清右衛門のきめた由香里の許嫁者《いいなずけ》で、暖簾分けした多慶屋の脇店の主人である。

実直な働き者にはちがいないけれど、男としての魅力はほとんど感じられない。齢《とし》はまだ三十代半《なか》ばだが、瓜《うり》の腐《くさ》ったような小頭の地肌がすけてみえるほどに髪がうすく、唇が上にめくれていつも笑っているような顔をしている。

にがみばしった容貌《ようぼう》に精悍《せいかん》の気をたたえている竜四郎とは、くらべるまでもなかった。

竜四郎を知った由香里が忠助を袖にする気持もわかろうというものである。

「おとっつぁん、ようやく、竜四郎さまにお会いしたいといってくれました。できることなら、多慶屋の婿養子《むこようし》になってほしいって」

竜四郎は内心、啞然《あぜん》とした。が、顔に狼狽《ろうばい》をあらわすような真似はしない。

「ねえ、いいでしょ。竜四郎さま」

由香里は小首をかしげてにっこりした。嬉しくてたまらないといった様子だ。

（これは、逃げるしかあるまい）

竜四郎は酒を口にした。にがい酒であった。

9

「ああ……」

蔦吉の唇から甘いうめきが洩れた。竜四郎の手に着物の上から乳房を揉まれているうちに、乳房に甘美な疼《うず》きが生じ、それがやわらかい電流となってからだの芯《しん》へ走りだしたのだ。

竜四郎は乳房を優しく揉みしだきながら、蔦吉の唇に唇をかぶせた。蔦吉の女の部分が火照《ほて》りはじめ、切なげに息づく。

竜四郎が唇を割り、舌をすべりこませた。蔦吉の舌にねっとりとからみついてくる。蔦吉はためらいがちに応えた。

竜四郎は淫猥な接吻をつづけながら、着物のえりもとをはだけさせ、そこに手を差しこんだ。蔦吉の湿《しめ》り気を帯びた肌が、たちまち、熱気をはらむ。瞼《まぶた》がかすかに震えている。

「ねえ」

蔦吉は竜四郎から唇をはなすと、かすれた声でささやいた。

「隣りに、夜具がのべてあるの。そちらにいきましょう」

せていた。


「うむ」

竜四郎は蔦吉のからだをはなすと、次の間のふすまを開けた。分厚い絹蒲団が敷きのべてあった。隅に丸い絹行燈が灯《とも》り、ほのかな明かりをただよわせていた。

竜四郎は着流しを脱いだ。由香里に買ってもらった着物が畳の上に落ちる。

(しかたがない。多慶屋の入り婿になるわけにはいかぬ)

竜四郎はほろにがそうに笑うと、絹蒲団の中に軀を横たえた。すぐに、蔦吉が部屋に入ってきた。竜四郎に背を向けてシュシュッと帯を解く。ほのかな明かりに映えた藤色の長襦袢に妖艶《ようえん》な色香がしたたるばかりに垂れこめている。えりあしと、長襦袢からのぞく華奢《きゃしゃ》な肩が透《す》きとおるように白い。

「竜さま」

蔦吉から生身《なまみ》のお蔦にもどると、竜四郎に振り向き、喉をあえがせるようにして、おおいかぶさってきた。なまなましい粘液質の昂ぶりが感じられた。深川芸者の情念というものだろうか。

竜四郎は軀を起こすと、お蔦の長襦袢のえりもとをひらき、豊かな乳房を押すようにして、やわらかく揉みしだいた。

「ああ……」

お蔦があえぎながら、背中をしならせた。竜四郎はお蔦の淡紅色の乳首を唇にふくみ、舌をからみつかせた。湿った温かい舌の感触がとろけるような快感を湧きたたせ、官能をはげしく掘り起こす。

竜四郎の手が肢間に伸び、内腿をさすりあげ、女の部分に触れた。

「あ、ああ、ああ――」

お蔦の唇から繊細な悲鳴が散った。竜四郎の指が割れ目をなぞり、敏感な芽《め》を捉《とら》えた。

お蔦は波状に寄せてきながら、次第に高まり、女の部分の奥に刻みこまれてくるような強烈な快感に陶然となった。

「ああ、いい、いいわ、竜さま」

お蔦はあられもなく口走った。せりあがってくる声をおさえることができないのだ。

竜四郎の手が強い力で肢間をおしひろげた。女の部分があからさまになった。指が滑《すべ》るほどに露をためていた。そのねっとりした露が透明に光っている。

竜四郎がお蔦の肢間に貌を埋めた。熱い吐息が女の部分にかかる。

「ああ――竜さま」

お蔦は肢体をのけぞらせて、もだえた。竜四郎の唇に捉《とら》えられた敏感な蕾《つぼみ》が灼《や》けるようだった。

「竜さま、お情けを……」

お蔦はかぶりをはげしく振りながら、思いきり腰をせりだした。

竜四郎はお蔦と深々と軀をつないだ。

一〇〇字書評

切り取り線

購買動機（新聞、雑誌名を記入するか、あるいは○をつけてください）

□（　　　　　　　　　　　　）の広告を見て
□（　　　　　　　　　　　　）の書評を見て
□ 知人のすすめで　　□ タイトルに惹かれて
□ カバーがよかったから　　□ 内容が面白そうだから
□ 好きな作家だから　　□ 好きな分野の本だから

●最近、最も感銘を受けた作品名をお書きください

●あなたのお好きな作家名をお書きください

●その他、ご要望がありましたらお書きください

住所	〒				
氏名		職業		年齢	
Eメール		新刊情報等のメール配信を 希望する・しない			

あなたにお願い

この本をお読みになって、どんな感想をお持ちでしょうか。

この「一〇〇字書評」を私までいただけたらありがたく存じます。今後の企画の参考にさせていただきます。

あなたの「一〇〇字書評」は新聞・雑誌などを通じて紹介させていただくことがあります。そして、その場合はお礼として、特製図書カードを差し上げます。

前頁の原稿用紙に書評をお書きのうえ、このページを切りとり、左記へお送りください。Eメールでもお受けいたします。

〒一〇一‐八七〇一
東京都千代田区神田神保町三‐六‐五
九段尚学ビル　祥伝社
祥伝社文庫編集長　加藤　淳
☎〇三（三二六五）二〇八〇
bunko@shodensha.co.jp

祥伝社文庫

上質のエンターテインメントを！　珠玉のエスプリを！

祥伝社文庫は創刊15周年を迎える2000年を機に、ここに新たな宣言をいたします。いつの世にも変わらない価値観、つまり「豊かな心」「深い知恵」「大きな楽しみ」に満ちた作品を厳選し、次代を拓く書下ろし作品を大胆に起用し、読者の皆様の心に響く文庫を目指します。どうぞご意見、ご希望を編集部までお寄せくださるよう、お願いいたします。

2000年1月1日　　祥伝社文庫編集部

乱《みだ》れ夜叉《やしや》　闇斬《やみぎ》り竜四郎《りゆうしろう》　時代官能小説

平成14年5月20日　初版第1刷発行
平成15年4月10日　第3刷発行

著者　谷《たに》　恒《こう》　生《せい》

発行者　渡辺起知夫

発行所　祥《しよう》　伝《でん》　社《しや》

東京都千代田区神田神保町3-6-5
九段尚学ビル　〒101-8701
☎03(3265)2081(販売部)
☎03(3265)2080(編集部)
☎03(3265)3622(業務部)

印刷所　堀内印刷

製本所　明泉堂

ISBN4-396-33043-X　C0193

祥伝社のホームページ・http://www.shodensha.co.jp/

祥伝社文庫

谷 恒生
闇斬り竜四郎
〝稲妻の竜〟こと浪人・影月竜四郎、鳥居耀蔵の背後に謀略の臭いを嗅ぎ取った！ 撃剣冴え渡る傑作官能時代小説

谷 恒生
横浜港殺人事件
横浜と神戸…二つの港町で起きた脈絡のない事件を繋《つな》ぐ一筋《ひとすじ》の糸…容疑者の鉄壁のアリバイは崩せるか？

谷 恒生
妖少女
経済界の二巨頭が相次いで何者かに殺された…事件の鍵を握ると目された妖《あや》しきアイドルＤＪ《ディスク・ジョッキー》の正体は!?

谷 恒生
暴力伝説
黄金の三角地帯《ゴールデン・トライアングル》の村で大虐殺…米軍と日本を結ぶ麻薬ルートを追って、戦士・土岐雷介《ときらいすけ》の怒りが炸裂する。

谷 恒生
処刑警視 警視庁歌舞伎町分室
なぜ美女ばかりが襲われる!? 続発する殺人と行方不明の謎…凶悪犯罪に挑む非情の男村木正《むらきただし》警視の活躍！

千野隆司
北辰の剣 千葉周作 開眼
剣の修行に励む若き日の周作が迎えた転機は、親友の惨殺だった。後の剣聖の苛烈な日々を描く時代小説。

祥伝社文庫

佐伯泰英

密命 見参！ 寒月霞《かすみ》斬り

切支丹《きりしたん》本所持の疑惑を受けた豊後相良《さがら》藩主の密命で、直心影流の達人金杉惣三郎《かなすぎそうざぶろう》は江戸へ潜入。市井《しせい》を闊達《かったつ》に描く新剣豪小説登場！

佐伯泰英

密命 弦月三十二人斬り

豊後相良藩を襲った正室の乳母殺害事件。吉宗の将軍宣下を控えての一大事に、怒りの直心影流が吼《ほ》える！

佐伯泰英

密命 残月無想斬り

武田信玄の亡霊か？ 齢《よわい》百五十六歳の妖術剣士石動奇嶽《いするぎきがく》が将軍家を襲った。惣三郎の驚天動地の奇策とは！

佐伯泰英

刺客《しかく》 密命・斬月剣

大岡越前の密命を帯びた惣三郎は京へ現われる。将軍吉宗を呪う葵切り七剣士が襲いかかってきて…

佐伯泰英

火頭《かとう》 密命・紅蓮《ぐれん》剣

江戸の町を騒がす連続火付、焼け跡には〝火頭の歌右衛門〟の名が。大岡越前守に代わって金杉惣三郎立つ！

佐伯泰英

兇刃

金杉に旧藩主から救いを求める使者が！ 立ち上がった惣三郎に襲いかかる影！ 謎の〝一期一殺剣〟とは？

祥伝社文庫